ボジャンストボ語！

ボジャンストボさんの作品集

加藤維歩
KATO IHO

幻冬舎MC

ボジャンストボ語！
ボジャンストボさんの作品集

▨ 目 次 ▨

星 空

1

　その星に、バラは、とげ、とがしながら、星の王子をよびました！
「水、ください……クッキーが、食べたいんだ！　暑いわ！あたらしい土が、ほしいんだ！　まわり、おもろくない！」
　星の王子は、ひっしに、すべてはこんで……なんとか、バラがよろこぶのをまっていました！　すると、バラはきづいた！　星の王子は、バラの言葉聞きまちがえたの！
「……ぶれいだあ！　よくも、たいせつな言葉、聞きまちがえたわ！　にどと、顔見たくないわ！」
「でも、バラさま、僕がいないと！」
「何？　君がいないと、何だ？　馬鹿の星の王子が、一人へるだけでしょ⁈」
　星の王子は、かなしくなり、もういいです！　この星なんか！

4

　星の王子は、自分にあってる星、さがしにでた！　自分が
ほしい仕事、愛されて、ありがとう言ってくれる星を、さが
します！

　ところが……どの星にいても！　その星で、君は24時間、
はたらいていないじゃん！　十分なきょういく、もってない
じゃん！　君は、きぞくじゃないじゃん！　君は、ただの人
間！　意味は、食べ物にも、ならない！

　星の王子は、とっても、ぜつぼうになり……さいごに、た
どりついた星は、地球だった！　ここならぜったい、だれか
に愛される、はず……！

　すると、いっぴきのキツネにであった！
「君は、地球人!?」
「そうよ、地球で、キツネ・地球人とよぶんだ！」
「おお、はじめての地球人に、であうとは！」
「私は、ただの地球人じゃないよ、サバク・キツネという、
りっぱな名前まで、もっています！」
「へええ、じゃ、ほかの地球人の、名前は？」
「そんなのしらないけど、地球の、人間という生物に……この
名前、もらった！」
「人間、ですか？」
「そ、飛行機にのってる、とても、まともじゃない生き物
だ！」
「飛行機とは、何？」

「うん、飛行機でさえしらんのか、君、どこの星の人？ ここ地球で、飛行機は、『空とぶてつ・くず』言う!!」

「てつが、飛んでるの??」

「そ、人間といっしょに、飛ぶんだ！」

「君は、飛ばないの？」

「キツネは、馬鹿じゃない、飛べないんだ……たいせつなものは、空にあっても、見えないんだ！」

「へえ、たいせつなものは、空にあるの？」

「そ、おそらく、そのため、飛行機で人間も飛べるはず！ でも、ぜったい、みつからないんだ！」

「君はキツネ、けど、人間はキツネじゃないのは、なぜ??」

「そうだねえ、人間は……二つ足であるいているから、かなあ！」

「そうですか、キツネは、二つ足であるいたこと、ないの？」

「ない！ キツネは、四つ足で、あるく！」

「へえ、この地球って、そこまで、ふしぎなんだあ！」

「そ、とっても、ふしぎな星で……飛行機だけじゃなく、森もあるんだ！」

「森とは、なんだ？」

「このサバクと同じもの、ただ、木がいっぱいいます！」

「キツネ様は、なんでもしってるね!!」

「ま、地球でおそらく、わたしより、なんでもしってる生き物、いないんだ！」

　すごい、キツネ、すごい！　星の王子は、ほんとうに、う
れしかった！　ここまで、頭いい生き物に、であったことは
なかった！

　星の王子は、空をみながら……バラ様は、元気かなあ！

　キツネが、また、あらわれた！

「バラって、何？」

「僕の星にいる、友達です！」

「へえ、君の星は、どこ??」

　空、見ながら、星の王子は、指をさした、「たぶん、あそ
こらへん！」

「星の王子は、この地球に、どうやってきました？」

　星の王子は、何もいわずに！　あっち、かなあ！　それとも、
あっち？　……たしか、くるとき、空からながい間おちてた
から……ちょっと、どこからおちたと言われても！

　キツネは、しんぱいに、なってた……

「これだと、もどれるの、むずかしくない？」

　星の王子は、とつぜんさけんだ！

「本当だ！　これで、どうもどればいい？　キツネ様、おしえ
て！」

「そうですね……飛行機が、空とべるのは見たけど、星にま
でいけるかどうか、人間に、聞かないと！」

　星の王子は「人間はどこにいますか、おしえてください」
とキツネにたのむと！　キツネは、右、左、見て……「ええっ
と、たぶん、あっち」

星の王子は、キツネがおしえた道、あるきはじめた！

2

　何時間あるいてたか、さだかではないが……飛行機が、ありました！

　やった、これが、ポンコツの飛行機が、そこにあった！ 飛ぶんだあ、飛ぶんだ、このてつ・くず！ 星の王子は、その人間に、ちかづいた！

「てつ・くず、すなわち、これが飛行機、ですね!??」

「そうよう、ボーヤー、じゃましないで、この飛行機は、フランスから、ここまでとんできたのよ、もう、どうしようもないじょうたいで！」

「どうしようもない……もう、飛べないの??」

「飛べない、どころか……うごけんよ！」

「えっ、それは、こまります……僕は、星の王子、自分の星にもどらないと……水が、おそらく、バラにとどいていないんだ！」

「バラなんかしらん、星の、なんとか……とにかく、この飛行機は、もうだめみたい！」

「あきらめないで、お願い……ぜったい、星まで、つれてってください！」

「そっか、星が見たいか、や、飛行機とはなあ、まずここが

8

まわらないと、飛べないのよ！」

　星の王子はすぐに、その人間が、何をやってるのか見てた。
「まわらない、ね!?」
「うん、まわらん、もうすぐ夜になるのに！」

　星見ながら、星の王子は、答えた……僕の星は、たぶん、あれだよ、ねえ！　一番、かがやいてるし！

　しらん、フランス人は、答えた。

　つめたい夜で、その人間は、あちこち、木のえだあつめてた！
「その木は、どうしますか？」
「火おこす、きまってるだろが！」
「火とは、何……？　火は、何だろ？」

　フランス人は、火おこすと、火、見ながら言った「火とは、こういうもの！」

　星の王子は、ちかづくと……あつい、さけんだ！
「あつくないよ、あたたかいんだ、火はつめたい夜を、あたたかくする！」

　星の王子は、もう一回、火、さわると、やけどになるぐらい、火にちかづいた！
「おい、それだとやけどするよ……はなれ、はなれなさい！」

　星の王子は、人間が、馬鹿だとおもった！
「星まで、本当に、とんだことありますか」星の王子は、すぐに、聞きました！
「星？　星って、あの空の星？」

9

「きまってるだろが！ ほかに、星でもあるのか？」

「あると思います」フランス人は、ポケットから、小さな星とりだすと、「これだ、むかし戦争で、この星もらった！」

　星の王子は、その星、みると……「すごい、これも星ですか？」

「そうとおもう、空の星と、同じものよ！」

　星の王子は、あんまりにも、おどろいてたので、てつでできた星の形の物も、星だとは、はじめて聞いたので！ 自分の星に、もどれたら、すぐに、バラに、それおしえないと、星の王子は、おもいました！

　すぐに、朝になりました！ 星の王子は、ねているフランス人を、見てた……フランス人が、うごいた……うん、朝だ！

「おお、ボーヤー、もう朝ですよ、飛行機は、どうしたらいいやら！」

　星の王子は、答えた「これ、まわればいい、でしょ??」

「そお、それが、まわらないので！」

　星の王子は、飛行機のプロペラ、まわしはじめると！ 飛行機が、ぶんぶんぶん、という音だして、はじまった！

「うん？ うごいてる……おい、ボーヤー、つづけてまわるんだあ！ まわりなさい」

　フランス人は、飛行機にはいると、飛行機がうごいた！

「飛べる、飛べるんだあ……ありがとう、ボーヤー、さらばあ！」

　まって……僕も、星までつれてって……まてえ！　でも、飛行機はもう、飛び立った……すごいはやさで……空にある、雲にはいり、すがたが見えなくなりました！

　星の王子は、また、一人に、なりました！　これだと、もどれない！　星の王子は、かんがえてた……キツネの言葉、人間の言葉……空には、見えない物が、ある！
　そして、雲にきえた人間と、飛行機……地球におりる前に、いた星には、すごい生き物が、いっぱいいました、けど、全ては仕事でいそがしいので……自分より、仕事しか、見ていない！　地球と、まったくちがう……全てが、ちがうんだ！　星から星に、ただ、ぽんと、飛べばいいのでした……ところが、この地球が、空、というものがあるから……空という、見えないものが、あるから……自分の星を、それで、おそらく、見えていないんだ！
　星の王子は、ここまでいっぱいの生き物に、であったのは、はじめてでした！　自分の星、いたころ、バラいがい生き物がいるの、夢にもおもっていなかったのに！　それが、人間、キツネまで、見る！

　空にむかって、星の王子は、手をふりはじめた！　さようなら、バラ様……さようなら、飛行機の人間……いつかキツネに、であったら、いつかは、キツネは……
　星の王子は、さいしょに、キツネを見たところに、もどり

ました！ けれど、キツネは、そこに、いなかった！

　星の王子は、一人で、たびをつづけるため、キツネに、メッセージのこした！ その、メッセージを書きながら、なぜか、星の王子は、ないていた！ そして、なみだふいて……また、空を見た！

3

　パイロットは、フランスに、たどりつくと、ある本に、星の王子のはなし、書きました！ その本に、こう書いています……もし、どこかで、星の王子にであったら……ぜひ、星の王子が、そのあと、どうなりましたのか、おしえてほしい！ ……では！

　何でだ！ なぜ……
　そのカモメは、空を、見ながら……
「うらんでやる、うらんでやるーー」
　まわりのカモメは、笑ってた！ まったかよ！ あいつ、馬鹿じゃねえ??
「空を、うらんでやる！」……かもめのジョナサンは、はやさを、あげた！
「うらんでやる……うらんでやる……僕が、飛べなければ、

僕が、僕だけが、飛べなければ！」

「見てごらん、まったスピード、あげすぎてる、まじ、カモメかよ、あれ??」

「飛べるはず！ この、鳥だって、飛べる、飛べてみせてやる！」

「はい、はい、とべるだろ、馬鹿な、ニワトリが！」

　かもめのジョナサンは、カモメの中で、一番、飛べるかのうせいがある、カモメだと、しんじてた！ まわりのカモメは、かれを、いつも見ながら、笑いものに、してた！

「カモメは、鳥じゃない、飛べないの、本当に、わかってるのか、あの、馬鹿が！」

「飛べる、飛べて、見せてやる、ぜったい！」

　海に、むかって、かもめのジョナサンは、翼ひろげ……飛べる、飛べる、飛べるはず！

「もう、いいよ、こいつ、まともじゃない！ カモメは、飛べない!!」

　かもめのジョナサンは、ひっしに、風に、そいながら、体をうごかした！ すると、風が、その、弱弱しいからだを、もちあげた……！

「飛べる……とんだあ！ できる、できるよ、あっと、すこし、あっと……」

　海に、おちた！ けっきょく、むだ、だった！ 僕は、なぜ、こうなの……！

　まわりのカモメは、かれに、ちかづいた！「おまえ、いい

かげんにしろ！ 飛べない鳥は、飛べないんだ！」

「今、とり、と言った、われらは鳥、と、言った！ ですよね？」

「もう、やだあ、言ってないよ！ 例えの、はなし、例え……カモメが、君が言ったように、鳥だとしても、飛べないのだ！」

「ぜったい、とべる、何のための、翼?? これ？」

「あああ、これは。翼、じゃないよ！ これは、カモメの、かざり！ ファッション！」

「ファッション、なわけ、ねえ！ 翼あるものは、飛べる！」

　すると、かもめのジョナサンは、翼ひろげ、空に、むかって、バタバタ、うごきはじめた！「まじかよ！ まだ、あきらめないのか??」

「飛べる、カモメ、だって、飛べるよ！」

　風が、つよくなった！ 飛ぶよ、この風なら、飛ぶよ！

「もう、やめなさいて！ 夜は、もうすぐ……」

「や、夜でも、飛んで、見せるよ！」

「はいはい！」

　かもめのジョナサンは、風で、もちあげられ！ 飛べるように、でさえ、見えた！ 翼をとじ……飛んでみせる、ハヤブサのように、とんで、見せるよ！

　はやく、もっと、はやく、そのからだは、まさに、鳥のように、空に、まいあがり！ 飛べる、僕は、飛べるんだ！ 僕だけが、カモメのなかで、僕が、はじめて、飛んでみせたああ！

　よろこびの、あんまりで！ かもめのジョナサンは、空に、むかって、ぜん力で、飛んだ……

　星だ！ 空には、星が見えるんだ！ そっか、夜になると、空は、宇宙になるんだ‼

4

　メッセージを見たキツネは、ぞっとしました！ かもめのジョナサン?? キツネさん、これは、僕の、さいしょでさいごに、キツネに、おくるメッセージです……どうぞ、この、かもめのジョナサンの、はなしを、僕からのプレゼント、と思って、うけとってください！

　メッセージを、つよくにぎると、キツネは、なみだが、ぽろぽろ……なきながら、きつねは、わかってた、星の王子は、飛行機になんか、のっていない！ 星には、もどっていない！

　サバクを、一人でさまよっていた、星の王子は、飛行機のざんがいにであった！ 飛行機だ！ でも、人間は、いない！ ざんがいの中から……ハコを、みつけた！ 足を、おもくかんじつつ、星の王子は、前へ……前へ……このサバクの、出口は、どこ！ そう思いながら……しんきろうのような、うっすらな、もやもやした、ゆがんだ、サバクの中に、ヒツジを、見た！ ……えっ？ ヒツジ?? 小さな、ヒツジが、星の王子に、

よりそった！ ヒツジを、もちあげると……ふわふわだーー、かわいい！ 星の王子は、飛行機のざんがいで、みつけた、ハコに、ヒツジ、いれると！ これで、大丈夫、大丈夫です……ヒツジに、草、あげながら、星の王子は、思いました！ バラなら、どうしただろ！ キツネ、なら!? あかん！ 人間なら、ヒツジを、食べたかも！

　ちく、ちく、いや！ ちく、ちく、いや！ ……せまい・エリアを、ヒツジは、ひっしに、とげ、よけながら、にげてた！ ……つかまえた！ これは、ヒツジのため、グレーの人も、そうおしえてたし！ ちく、ちく、いや！ ちく、ちく、いや！ ……星の王子は、ヒツジの言葉に、おどろいてた！

「いやとは、何だ？ 僕とバラは友達、バラのとげ、一つや、二つ……」

「いいのよ、私が、悪かった！」

「いいえ、バラ様、そうは、いけませんよ、ヒツジは、自分のたちば、わからないと、いけません、地球から、ここまで、つれてたのが、どんだけ、たいへんか、思いだしてください！」

「いいのよ、まだ、小さいヒツジ、私のとげを、よけられるわけが、ないわ！」

「でも、バラ様……それだと、こいつ、なんにも、まなべないでしょ、思いだしてください、かれが、まだ、言葉、できなかったころ、みじゅ、みじゅーー！」

「ダメだ、それだと、ただしくない、水だ、ただしいのは、

水、おぼえなさい！」
「はい、わかりました！」
「おい、ほら、バラさん、君もなにか、言ったらどうだ？
こいつ、そうやって、言葉、できないまんまの、ヒツジに、
なってしまう！」
「うん、わかったわ、じゃ、あの、グレーの人間、つれてき
て！」
「タバコすってるやつ、それとも、あの、女性ぽい??」
「やだああ、星の王子、りょうほうに、きまってるだろ！」
「うん、わかった！ 今、つれてくる、まってて！」

「歌分かりにくい!!」グレーの人間は、さけんだ！ 態度も、
なってないし！ 優先順位に、さいごに、いきなり、ジュディ、
ジュディ、そのジュディってだれ??????? その、歌は、だ
れ、知ってる？ 無理だと言わざるしか、ないんだ！ ヒツジ
が、迷子にならない程度の、言葉、たのんでると、思った
ら！ 君の脳みそは、ピーナツのおおきさで、頭に、プレッ
シャーおこしてるの、わからないの！
　星の王子は、ふかーく、いきを、すい！「しんらいされ、
つとめて、教えて、はたして、自分の、ぎむ！」
「ぎむ？ はたす？ 君、グレーの人間か？ ただの、星の王子
のくせに、言葉にきをつけろ、軍人！ サインは、いらない！
この星、われらは、ぶりょくで、とります、戦争だ！」
「やめてください！」星の王子は、たのんでた！「たのむ、

君たちを、きずつけたく、ないよ！」

　グレーの人間は、ギロチン、星の王子の前に、おくと！
「つぎ言葉が、もし、われらが、のぞんでいない、言葉じゃ
ないと、このギロチンで、はなしが、終わります！」

　星の王子は、とつぜん、ヘイ・ジュード、さけんだ！　高
村光太郎の道程を、思いだし！　星の王子は、とつぜん、グ
レーの人間から、ストラディバリウスの、バイオリンうばい、
その、ストラディバリウスのバイオリンを、となりの、コン
トラバス、おもいきり、たたきはじめた、ストラディバリウ
スの、バイオリンが、こなごなに、なり！　コントラバスも、
こわれた！

　グレーの人間は、おどろきの、あまりで、さけんだ！
「あらららららーー！　よくもーー、こわしたね！　やだ
なーー！　怖い、なあーー！」

　星の王子は、つぎに、ガソリン・タンクを、ピアノになげ
て、火をつけた！　グレーの人間は、また、さけんだ！
「なんの、つもり？　その、ピアノ、われらが、ゆいいつ、
神とよぶ、ピアノです！　われらのピアノに、火つける、君
は、何物のつもり？」
「僕は、物じゃない！　ヒツジに、草と、水あげた！　言葉も、
あげる！　いくら、君たちとの戦争が、ながびいても！　いく
ら、君たちが、僕よりつよい、だとしても、いくら、物あつ
めても！　僕には、バラとヒツジが、います！　僕がまけても、
かれらは、生きのびる！　かれらの、命まで、僕のせいで、

うばうことは、できないはず！ そしていつか、ヒツジは、
バラから、言葉おぼえ！」

　星の王子は、ため息をつき！ ……「言葉、で？」グレー
の人間は、おどろいてた！

「まさか、星の王子は、言葉に、意味があるとおもってる？
言葉、おぼえれば、ヒツジは、何？ 何が、できる？ われら
に、なにか言える？ グレーの人間になる、とでも？ ただの
言葉で、この、なんにもない星で、君は、何をまもってる
の？ 物は、ない！ 星の王子は、もうすぐ、いない！ 何？
君が、まもろうとしてるのは、なんだ？ 草、水、ヒツジと、
バラ?? そんな、ゴミみたいな、ただの命、まもってるだけ
では、ない？」

　星の王子は、赤くなり、はずかしいと、思った！

5

　……9兆3999億kmはなれたところから、メレンゲティ
ウス様は、イライラしてた！「はい、はい、星の王子です、
そして、友達は、ただの、草食べるヒツジと、一本のバラ！」
「さっさと、やっつければ、いいのに！ 何で僕まで、こな
いと、いけないのだ？」

　となりにいた、グレーの人間は、答えた！

「それは、昔から、グレーの人間が、つくった、ルールです

よ！ メレンゲティウス様は、きが、みじかい！ この星の王子は、生き物です、かれの命を、そうかんたんに、うばっちゃ、ダメですよ！」

　メレンゲティウス様は、また、ロケットのそと、見てた！

「……見えない！ その、星の王子の星は、どこだ！ 見えるのも、できないじゃないか！」

　となりの、グレーの人間も、ロケットのそと見ると、答えた！

「そう、あせるじゃない！ もうすぐですよ、まだ、しばらく、はなれたほうが、むしろ、よいのだ！」

　しばらく、たつと、メレンゲティウス様の、ロケットは、星の王子の星の、じめんに、ちゃくりくした！ ロケット、から、メレンゲティウス様が、あらわれると、星の王子のすがた、さがしはじめた！

「あれ、かなーー？ あれでしょ、星の王子という、生き物は!!」

　となりの、グレーの人間は、ピョン、ピョン、はねあがり……

「うん、そう見えるよ、めっちゃ、おはずかしの、イメージの、生き物が、一ついます！」

　かれらは、だんだん、星の王子に、ちかづき！ 声をあらわにして、メレンゲティウス様は、さけびはじめた！

「よーーよー、よーーー、みなさま、かんげいうけて、ありがたさを、かんじ、ここに、メレンゲティウス様が、きまし

た！　もう、怖いことはないよ！　僕が、星の王子の、さいば
ん、あっというまに、終わらせてみせよう！」
　　星の王子の、となりにいた、グレーの人間は、おびえた声
で……
「メレンゲティウス様、この、星の王子には、バラとヒツジ
がいます、なんとか、ならないでしょうか??」
　　メレンゲティウス様は、かなしそうに、星の王子を、見て
た！
「かわいそう！　このわかさで、ギロチンに、命、おとすと
は！　うん、わかりました！　じゃ、こうすればいい！　ヒツジ
とバラの前で、ギロチン、はこび、かれらの前に、星の王子
の、うんめい、きめてあげよう！」
　　星の王子は、とつぜん、たちあがった！
「それは、どういう意味?　かれらに、かんけいないはなし！
ひどくない??」
　　グレーの人間は、おどろいてた！
「なんて、しつれいな！　君は、言葉つつしむ、けんりがあ
る！　にどと、むだなはなし、するな！　とくに、メレンゲ
ティウス様の前で！」
「もうしわけ、ありません、メレンゲティウス様、かれは、
まだ、自分のたちば、わかって、いませんので！」
　　それでも、星の王子は、あばれはじめた！
「はなせー、僕は、むじつです！」
　　メレンゲティウス様は、耳うたがっていた！

「むじつ？ 君が、むじつ？ 馬鹿じゃない！ 戦争も、ヒツジに、草あげたのも、ぜんぶ、君だ！ ほかに、だれが、いる？」

6

　バラとヒツジは、星の王子が、ギロチンの上で、あばれてるすがたを、見た！ これは、どういうこと？ 星の王子に、なに、するの?? メレンゲティウス様は、星の王子の前に、たち！ しずかに、はなしはじめた！
「この、星の王子は、大人じゃない！ ヒツジに、言葉おしえたり！ バラを、まもってる！ しょくぶつ、まもってる!!大人じゃない生き物が、だれか、まもったこと、ありますか?? ない！ そんな、生き物は！ それは、なぜ？ 軍に、なれないから！ 軍、仕事、壁！ この三つ、大人だけが、つくれる！ たいりょうの壁、ならべて、バラをまもり！ たいりょうの言葉、ならべて、ルールをつくれるのは、大人！大人とは、そういうもの！ 命まなび、命うばい、命をそだてる！ 大人は、やさしさの、かたまりだ！ なのに、この星の王子は、言葉で、ヒツジが、まもられると、おもってる！言葉で、空から、カモメが、おちて、食べ物になると、しんじてる、くだらん脳みそしか、もてないんだ！ だから、われらは、この星、うばった！」

　バラは、さけんだ！

「なんて、こと！　私は、ただの、しょくぶつじゃ、ない
わ！」

　メレンゲティウス様は、そのことば、むししてた！

「バラ様、君は、りっぱなしょくぶつよ！　そして、となり
のヒツジは、星の王子の、ペットです！　言葉、オウムのよ
うに、はなしてるだけの、ペット、です！」

　ヒツジは、びっくりした目で、メレンゲティウス様を、見
てた！

「僕、ぺっちょ、じゃ、ないよ！」

　メレンゲティウス様は、つづけた！

「星の王子は、大人では、ない！　生きるかちは、ない！　わ
れらに、戦争、しかけた！　これが、しょうこ！　大人じゃな
いのに、サインは、だして、いない！　われらが、この星、
うばっていい、というサイン、ここに書くの、こばんでた！
だが、もうすぐ、その命は、きえ！　われらが、バラ様、ヒ
ツジを、まもります！　本当の壁で、二人をかこんで、もち
ろん、みかわりに、バラが、食べてる、私たちの、星の土、
われらが、ただしくわけて、バラに、あげます！　われらは、
もっと、軍ふやし、もっと、バラをまもります！　まわりに、
ロケットつくり！　その、ロケットにのる軍、とくべつ、バ
ラのために、つくります！　ヒツジに、正しい言葉と、正し
いのはなにか、おしえて！　みかわりに、ヒツジの髪の毛、
ほんのすこし、うばいます！　そして、バラと、ヒツジが、

大人になると、時間が、できたら！100年だろうと、200年
だろうと、かならず、大人にして見せよう！」

　星の王子は、バラに、たすけをもとめてた！
「バラさん、しんじちゃ、ダメ！僕は、むじつです、本当
に、何も、していません！」
　メレンゲティウス様は、パニックに、なってた！
「ややや！今さら、どうした‼むじつじゃないって、あん
なに、しょうこだしたのに！いいだろ！じゃ、星の王子が、
むじつか、どうか、ここで、かんがえてみましょ！まず、
星の王子は、われらが、バラ様に、たのんで、地球から、ヒ
ツジと、いっしょに、この星に、はこんだ、おぼえてる？
あのとき、なんと、星の王子は、地球のすべてが、しりたい
と、おっしゃってた！すべての、歴史、本、数学、脳みそ
のしくみまで、私たち、グレーの人間が、おしえた！あり
がとう、一つも、言わずに！この、星の王子は、なんと、
ヒツジに、ひつようじゃない言葉も、おしえて、ほしかっ
た！そして、なにより、命、そ、草の命、毎日、毎日、う
ばって、ヒツジに、えさとして、あげてた！この、星の王
子は、かいぶつ、私たちと、ちがって、土、時間と、クッ
キー一枚で、生きられないよ！」
　バラは、すぐに、答えた！
「それが、どうした！今、人間が人間を、食べる、時代！
そのおかげで、つよくなり！ほかの人間に、自分が一番、

24

見せて、できる、星の王子は、昔、そう私に、おっしゃって
た！ 私は、地球、しらないわ！ けれど、そのルールが、あ
るなら、そのルール、この星にも、あるはず！」
　メレンゲティウス様は、おどろいてた！
「ルール?? ルールは、やぶるために、ある！ そして、君た
ちは、やぶられた！ もう、そんな、ルール、われらに、つ
うじない！ ありがとう言って、ギロチンで、命、さっさと、
おとしなさい、この、おろかものが！」

　バラは、イライラ、してた！
「おろかものは、君です！ 私は、お美しい！ かんぺきな、
生き物！ 男の君と、うつわが、ちがうわ！ ブスの生き物が、
だれかを、ギロチンに、つけるの、きめてる！ それこそ、
バカバカしい!!」
　メレンゲティウス様、は、さけびはじめた！
「お美しいのは、この僕！ かんぺきこそ、お美しい！ 君は、
土、食べてる、ただの、バラ！ グレーのロケット、一つも
つくれない、やくたたずな、生き物！」
　バラは、トゲトゲしィ言葉、つかい、はじめた！
「ちがうわ！ 君はなにも、わかっていないわ！ 私が、お美
しいのは、私が、そう、きめてるから！ 君、男でしょ?? 男、
なに、きめてできる??」
　メレンゲティウス様は、イライラしてた！
「もう、だれか、このバラを、だまらせてくれよ!! ここは、

命の、問題！ 星の王子の、命が、かかってる！ お美しいはなし、じゃない、だろが！」

　バラは、はずかしくなり、ちょっぴり、かなしそうに、星の王子を、見てた！

「私は、ただ……」

　メレンゲティウス様は、さけびはじめた！

「君は、ただ、自分を、見てるだけ！ 自分を、見せたい、自分が一番、お美しいと、おもわれたい、だけ！ 星の王子のこと、一度も、ほんきに思っていない、でしょうが！」

　バラは、なきはじめた！

「ちがいます！ 私は、私は、美しさに、つみはない、はず！」

　メレンゲティウス様は、答えた！

「ええ、美しさに、つみはない、僕が、しけいする、そのてん、しんぱい、しなくていいよ!!」

　星の王子は、ありがとう、言った！ メレンゲティウス様は、笑った！

「今さら、僕に、ありがとう、だと？ 君は、なまけものの、星の王子！ われら、グレーの人間は、星の王子の、本で、そだてられた！ この世界は、われらを、みすてた！ ゆいいつ、のこった、２、３人のグレーの人間は、月に、ロケットでむかい、地球、だっしゅつ、できました！ ほかのは、人間に、やられた！ 君の、ヒツジに、本あげても、その地球人に、なるだけよ！ そして、にくしみは、にくしみを、

うみ！ かれらが、かんぺきな、人間になる前に、われらは、すべて、つくした！ ここまで、かんぺきな、グレーの人間に、なったのは、あせと、なみだ、たいりょうに、ながし、ながし、つづけてた！ 君の本読むと、とつぜん、僕に、名前が、あげられた！ 本読める、だから！ 一番はやく、一番すぐれた本、よんでた、僕は、いつか、星の王子にであって、かれに、飛行機の人の言葉、つたえる、つもりだった！ けれど、君は、かわった！ 君は、ヘビに、命、ささげていない！ 本の、全てが、うそだった！ ただのうそ、ならべた言葉、われら、グレーの人間は、ずーっと、しんじてた！ ただの、うそを、しんじるしか、なかったから！」

プレアデス !!

　よりそうように、かがやく星でも本当は、一つの星が、何光年のさきにいる、となりの星を、てらすだけの光！ その一つ一つが、われらの目が見えて、できるからこそ、かれらは、一つの光とよぶ！

　へんなの、何故これが、土星状星雲との、であい、しめしてる？ 流星群・星雲のパンフレット、もっと、わかりやすく、書く・べし！

　ゲンジは、パンフレット、ポケットにいれると、望遠鏡さがしはじめた！ 望遠鏡望遠鏡。どこにおいたたたた、いって！ あった！ 望遠鏡、もてたし、コンパス、せいふく、あとは、あとは、いく、だけ！

　ゲンジは学校に、むかいました、けど、お父さんといくのは、いやでした！ だから歩くしか、なかった！ すると、おさななじみの、かぐやちゃんを、学校が見えるところで、うっすら、見えたような、きがしてた！

　かぐや？　何で？　かぐやは、ゲンジに、ぜんぜんきづかず、本読んでた、いっしょに、その道あるいていた友達が、本、ひっぱり、はじめた！

「おい、おいーー、かぐや、どこ、見てるのよ」「やだ、かえして、読まないから、かえして、ねーーてば！」「うそつくな、もう、ナンボ読むの？」

　かぐやは学校に入った！　けれど、ゲンジは、それでも、何故そこに、学校やめたはずの、かぐやちゃんがいるのか、りかいできずに、こんらんしてた！　友達といっしょに、わすれた本とりに、きました、かも！　あ！　そうだ！　土星状星雲、見にいかないと！

　展望室に、かぎが、かかってた！　すると、ゲンジが、かぎ、とりだすと、光がそのドーアを、てらした！　ドーアをあけると、そこには、しらない青年がいました！　しらない部屋や、全てしらないちょうちょうが、あちこち、美しい花を飛び回り！　その青年は、たおれたじょうたいで、そこで、ひっしに、なにか、つかまえようとしてた！

「大丈夫ですか？」ゲンジは、しんぱいそうに、その人を見てた！　すると、とつぜん、もってた望遠鏡が、じめん、たたいた、ぶつけた、音へんな、さけびに、かわってた！

「私は、ぜったい、止められないわ、なにがあっても！」

　ゲンジは、そのような音、前も、聞いたことはありました！　青年は立ち上がり！「僕は大丈夫です」、答えた！「君こそ、それ大丈夫？　言葉のような、われかたに、聞こえてた！」

ゲンジは、すぐに、こわれた望遠鏡とりだした！「綺麗……」その人は言った「こわれちゃった、でも大丈夫、プロテクター・フィルターかえればいい、そこだけが、こわれたみたい！」そう答えると、ゲンジは、思い出した……ここは展望室じゃ、ない！

「ごめんなさい、じゃまするつもりは、なかった！」その青年は、かなしそうに答えた！「大丈夫です、じゃまじゃないよ君は、この世界で、みれん、もてないものが、とつぜん、あらわれて、きえるの、さびしく、かんじない？　だれにも、しられず、その美しい羽が、この、部屋だけで見られて、かなしく、かんじない？」かれは、ちょうちょうの羽、ゆっくりさわると、ゲンジは、ふるえる声で、それに、こたえるように！

「私は、土星状星雲見にきました、ご、ご、ごいっしょに、見ませんか？　き、き、綺麗ですよ、土星状星雲は！」その人は、まどのそとの、ちょうちょうを、見てた！「そうですか！」

　……ゲンジは、はずかしくなり、すぐに、部屋を出た！はずかしー！　あ！　そうだ、ここが、展望室じゃない！　うん？　ややや、ここだよ展望室まちがいない！　じゃ、今のは、何だ？　夢？

　ゆっくり部屋にもどると、そこには、青年も、ちょうちょうも、花も、いませんでした！　こわれた望遠鏡、つよくにぎったまんま、ゲンジは、まどにちかづいた！　雨だ！　これ

で、土星状星雲、ぜったい、見えない! ぶつかる、ぶつか
る、さつきちゃん、じゃまじゃまじゃま、あーーー! さつ
きちゃん、どうしてくれるの! 私、ぜったいに、止められ
ない、分かってるくせに……テルコは、さつきちゃんの、せ
いにしはじめた! さつきちゃんの、ほっぺは、ふくらんで
た! 私の、魔法のほうきに、もんだいはないよ! あんたの
うんてんが、へたくそ、だからって、私のせいに、しない
で!

　2人の間に、ヨドカは、なんとか、これいじょうの、け
んかにならないように、かれらを、おさえてた!「みんな、
おちついて! エンジンの、かけかたぐらいで、けんかしな
いで! まず、会長に、新しいメンバーを連れてくるのを、
まちましょ!」どんな奴かな? おとめ座かな?

　てんびん座! ……自分じゃん! 私、天文学同好会の会長
がいいの!「今の、会長、ダメですか?」テルコは、とつぜ
ん、かぐやから、本とりあげた!「なに読んでるの??」「も
う、テルコまで!」「ねーー、本、いっきに、とらないでー!
もう、ぼろぼろじゃん!」「ごめんごめん、しずかに、だれ
かに聞こえたら、どうする!!」「ほんとうに、かぐやって、
うるさいなーー!」

　その、かぐやの、声は、じっさいにうるさかった、そこま
での声が、となりの部屋に、聞こえないわけが、なかった!
「かぐや? 今、かぐやちゃんの声が、となりの部屋から!!」

ゲンジは、すぐに、となりの部屋に、むかいました、すると、
なにかにぶつかった！ けれど、そこには、なにもいません
でした！

　となりの部屋に、はいると、そこに、かぐやちゃんが、本
ひっぱてる、見た！

「やっぱり、かぐやちゃん！」「え、ゲンジ？」かぐやは、
おどろいた目で、ゲンジを、見てた！

アカシックレコード

　魔王は目を、うたがってた！　なぜだ？　君は、なぜ、そこまで、やるのだ??　魔法使いは、答えた！　僕が、みんなを、まもるんだ！　僕じゃないと、ダメなのだ！　そして、あっとゆうまに、魔王はやぶれ、この世界から、きえた！　〝天使のほどこしあれ〟魔王に似たお爺さんの怪我は、すぐに、なおりました！　食事の火を、おこそうとしてた、おじいさんは、笑顔で、ありがたさ、あらわしてた！　さすが、わが、サルマーノ帝国にある町、クラリオの、サルマーノ帝国魔術学院・しゅっしんの魔術師、本当に、ありがとう！　あ、いいえ、人たすけるのは、どの魔術師でも、よくやることよ！　サンドラは、答えた！　とつぜん、ちかくに、カタリナお嬢様があらわれた！　この二人は、異母きょうだいで、伯爵と、伯爵夫人は、同じ人に、なったのは、すいぶん、昔！　サンドラは夫人の連れ子でした。もちろん、カタリナお嬢様は、なんと、このサルマーノ帝国の姫様だった！　でも、それは

内緒よ、すぐに、ばれると、話がもりあがらないから！ では、はじめよう、アカシックレコードの、もう一つの顔、それは、魔術師が、平和で錬金術のような、しくみの中で、くらしてる町クラリオでおきた！

「ねー、天文学博士のラウス先生が、学校やめた、聞いた？」サンドラが、言った！「うん、しってる、ラウス先生のかわりが、同じような人間が、きましたら、いいのになーー！」

「どけー、どけー、がきがーー、学校に、おくれちゃっうってばーー！」それは、あたらしい先生、ルーダス先生だった！ とつぜん、女性のカタリナおじょうさまのむね、つかみ……「君、学校はどこ、おしえろ！」「きゃーーー、変態」さけびながら、カタリナおじょうさまは、ルーダス先生にむかって「おいなるかぜよ」言えると、とつぜん、ルーダス先生は、ふっとんだ！ すがたが、見えなくなると！ サンドラは、カタリナおじょうさまをしんぱいそうに、見てた！

　大丈夫ですか？ちょっと、魔術やりすぎた！ カタリナおじょうさまも、それをきづいてた、なぜなら、ルーダス先生の、すがたは、どこにもなかった！ 学校にはいると、あたらしい先生が、あらわれた！

「うん、今さきの人じゃない？」サンドラは、カタリナおじょうさまに聞いてた！

「あれ？ 本当だね！」カタリナおじょうさまは答えた！ ルーダス先生は、しらんふりしてた！ や、みんな、しらん人間ばっかり、今日いいてんきでよかったーー！ ルーダス

先生は、自分の名前、書きました！

「僕は、ルーダス先生です、よおく、おぼえてて！ 僕が、せいぎのまほうつかいになりたかったときのはなし、しましょう！ 僕は、悪い魔王、やっつけて、せいぎのまほうつかいになるため、本読んでた！ その本、魔王は、まけてた！」先生そんなの、どうでもいいよ、まじゅつだけ、おしえてください！ カタリナおじょうさまは、文句言った、ルーダス先生は、つまらなそうに、まどのそと、見てた！ そんなの、あるわけない！ はーーーー？ まわりのみんなは、おどろきのあまりで、ルーダス先生を、きびしく見てたの！ それでも、ルーダス先生、つづけてた！

「何？ 君たち、ぜんいん、まじゅつしに、なりたいの？」カタリナおじょうさまは、ぶちきれてた！

「あたりまえよなんのために、ここに、いると思ってるの？ ここは、サルマーノ帝国魔術学院、まじゅつしに魔術ぐらい、必要でしょ？」ルーダス先生は、おどろいてた！「君まじ？」カタリナおじょうさまは、かんぜんにコントロールなくしてた！「まじに、きまってる！ じゃ、先生は、何われらに、おしえるつもり？」

ルーダス先生は、答えた！「歴史もちろん！ わが、サルマーノ帝国は、なぜ、まほうたいこくに、なったの？なぜ、このクラリオに、サルマーノ帝国魔術学院に、こんなにいっぱい、学院生徒がいるの？」カタリナおじょうさまは、すぐに答えた「まじゅつしになって、人たすけたいから！」ルー

ダス先生は、イライラ、してた！

「人たすける？ 君、馬鹿じゃない？ 人たすけるのは問題と、テストだしてる、人間、仕事と食べ物、うばいあってる、人間どっちがゲームにかつの、占てる人間！ ところが、魔術は、何にやくたてる？ なにも！ なに一つ、いいことないんだ！ 魔術は、時代おくれのでたらめの、言葉をならべた、自間的なじゅもん、それも、悪意もってる可能性のほうがたかくて！ 錬金術のような、神になりたい馬鹿が、ただただスペルまちがえてて、問題おこしたり、人の全てうばったりする、ただの、おろかものの、ゲームです！」

ルーダス先生は、また、まどのそと、見てた！「そと見てください！ 春ですよ！ 鳥が、ぴょんぴょんしてたり！ 愛の季節！ なのに、君たちは、ここでなにしてるの？ ぶあつい本、毎日、毎日、よんでる、ざまで！ それもなんの意味もない本！ ただのでたらめの言葉を、どこかの、だれかが、かってに、はんぶんあそんでてつくったものよ！」

カタリナおじょうさまは手をあげた！「問題聞いても、いいですか？」ルーダス先生は答えた！「ダメです！ 今いそがしいの！」カタリナおじょうさまは、イライラしてた！ それだと、先生は、なにも問題に答えるつもりはないに聞こえるけど！

ルーダス先生は、答えた！「え、その、とくに、なにも言えることは、ないよ！ もうすぐ、食事の時間さ、なにか食べようぜ！」サンドラと、カタリナおじようさまは、一番す

きな、でかいケーキ、えらんだの！ そして、いっしょに食べて、はじまったの！ すると、かれらの前に、サンドイッチもってたルーダス先生が、あらわれた！ ルーダス先生は、かってに前にすわり、サンドイッチを、カタリナおじょうさまにあげた！「どうぞ、サンドイッチ、食べてください！」カタリナおじょうさまは、おどろいてた……いがいと、先生はやさしいところもあるですね！ すると、ルーダス先生は、全ての、カタリナおじょうさまのケーキ、うばい食べはじめた！ カタリナおじょうさまは、さけびました！「なにするの、この野郎！ それ、あたしのケーキよ！」

　ルーダス先生は、にげて、はじまったの！ それをおっかける、カタリナおじょうさまは、いっきに……〝おいなるかぜよ〟と言うと、ルーダス先生は、また、ふっとんじゃったの！ しばらくたつと、学校に、ルーダス先生が、また、あらわれた！

「みんな、元気かい！ やーー、今日は、じつにいい天気ですなーー！」ルーダス先生は、漢字書きました！ けど、まわりのみんなは、ざわめいてた！ とくに、カタリナおじょうさま！「うあ！ なんて、ひどい文字！ なにも読めない、先生、そこになに書いてるの？」

　ルーダス先生は、答えた！「ここ、それとも、ここですか？」カタリナおじょうさまは、指さしながら……うん、えっと、ぜんぶ！ ルーダス先生はカタリナおじょうさまにちかづき……手を、つかんだ！「君は、じつにお美しい、君

38

をさいしょに見てから、そう思いました！」

　カタリナおじょうさまは、まっ赤な顔になりました！　すると、ルーダス先生は、答えた！「それを、ここに書きました！　でも、ここに書いてるのは魔術で、その魔術は、人の顔、赤くする、できるんだ！　でも、見てのとおり、べつに、魔術つかわなくても、けっかは同じで！」

　すると、とつぜん、こぶしにぎってる、カタリナおじょうさまが、ルーダス先生にちかづき、大きな声で！「私は、ヴコヴァル家の娘！　こんな、侮辱、ゆるすと、思ってるの？あんたに、ここで、先生やるしかく、ない！　ヴコヴァル家は、だいだい、この学校の運営に、かかわった人間、君をいつでも、この学校から、おいだせる！　さっさと、まともな先生、に、なれよ！」

　ルーダス先生は、うれしかった！　やっとだぜ！　やっと、まともなだれかが、この、学校に、いるの！「お願い、僕を首にしてくれよ！　この学校に、むりやりにいれた、あの悪魔が、そうしないと、僕をほっといてくれないんだ！　学校にいかないと、命がきけんに、さらされて！」

　すると、その女が、あらわれた！「そこまでだ！　君は、やくそくしたはず！　先生になる！　首にされたていどで、私が、ゆるすとおもってるの？」

　ルーダス先生は、ひっしに、せつめいしたかった！「僕には、むりよ！　先生とは、つまらなくて、しにそうだ！　たのむよ、この学校は、僕ににあわないんだ！　わかってくれよ！

きらいなんだよ！」

　その女は、つめたくて、かれをみつめて……

和むような物語 1

「望遠鏡かえして！ 木星が見えない！」

「うあーー、大きい!!」

「かえしてーー、僕の、望遠鏡！ けち！ けちけちけち、それでも、アラブ人かよ！」

「ここは、おたがいさま、シルクはこんでるの、てつだってるではないか！」

「そんなの、どうでもいい！ 僕の、望遠鏡ですよ！ だいたいなぜ、ローマ帝国に、はこばなくちゃいけないの、このシルクは、エジプトで、たかねで、うれるよ！」

「エジプトに、いきません、くだらん、だいたい、エジプトやら、ローマ帝国なら、かれらから、望遠鏡たのめば、いい！」

「はっ、あの帝国が、望遠鏡つくれるわけない」

　その、アラブ人の船は、だんだん、イスラエルに、ちかづいてた！

「イスラエルですよ、ここで、おりましょ！ ジュピター
だーー、本当に、大きいよ」

　木星が、ここまで、大きく見えたのは、はじめてだった‼
ところが、かれらに、船おりる、許可が、もらえなかった！

「かえれ、かえれ、ここは、ローマ帝国、今日は、ジュピ
ターの、いのりが、ささげられる日、われらの、神ジュピ
ターを、しんじていないやつは、ここで、船おりるの、ゆる
しません！」

　しかたなく、あきらかに、ローマ帝国に、なにかが、おき
てた、それを、ふまえて、アラブ人は、船を、エジプトに、
むけた！

「エジプトだーー、ナイル川は、美しいだよ、ねーー！」

「しらない、エジプトは、きらい」

「じゃ、ウガンダいこうよ、同じ、ナイル川でしょ??」

「ウガンダまで、ナイル川さかのぼる？ むりに、きまって
る！ だいたい、つながっていないでしょ」

　アラブ人が、ナイル川のながれと、たたかう間、ピラトの
イエスの裁判が、はじまろうと、していた‼

「十字架に、つけろーー！」ユダヤ人は、さけんでた！

「あいつは、うそつきーー‼」ピラトは、イライラしてた！

「しずかにーー、しずかに！ ナザレのイエス、ユダヤ人の
王、自分が何にたいして、さばかれてる、ちゃんと、りかい
していますか??」

「唯一の神だけが、僕を、裁判にかけるの！」

「唯一の神？ おあつまりの、ユダヤ人たちよ、君たちの中で唯一の神、しんじてる人いますか??」

「かれは、うそつき、唯一の神は、ユダヤ人だけの神!!」

「ナザレのイエス、ユダヤ人の王、聞いたか？ 君の神じゃないよ、ユダヤ人の神が、唯一の神よ！」

「僕はユダヤ人……」

「うそだーー！ 十字架に、つけろーー、自分がユダヤ人なら、なぜ、唯一の神の、息子と言った??」

「自分が唯一の神の息子と、ユダヤ人だから！」

　ピラトは、右手をたかくあげた！

「しずかにーー！ 僕は友達よ！ このユダヤ人は、君を、にくんでる、十字架につけるの、とめて、できるのは、僕だけだよ、僕は、かれらとちがう、神ジュピターに、君の無事を、いのった、神ジュピターだけが、君をたすけられる、なのに君は、今でも、唯一の神、かれらが言ってる、唯一の神を、えらぶ？」

「僕は、唯一の神の息子」

「うそだーー、もし君が、唯一の神の息子、それを、見たものはだれ？ 君が、唯一の神の息子という……おこない、見たのは、だれ？」

「神ジュピター、見たのは、だれ？」

「ぶじょくだーー！ 神ジュピターは、イスラエル、しはいしてる、わすれてるの？」

「唯一の神は、まけていない！」

「じゃ、だれがまけた？ この、ユダヤ人は、だれ？」

「十字架に僕を、つけたい、ただの、人間！」

「そして君は、神の息子、なのに、十字架でさえ、たおして、できない、その人間より、弱い、神??」

「僕はまだ、天国しらない！ 君は、しっていますか？」

「もう話にも、ならない！ 神ジュピター、しんじていないし、十字架につけられる、唯一の神が、自分の、お父さん、言ってるし、じゃあもし、僕に、息子がうまれたら、僕も、その息子、十字架に、つければいい??」

「君は神じゃない」

「なぜ、自分の息子、十字架につける??」

「唯一の神ではない、ユダヤ人が、十字架に、つけます」

「君の唯一の神しんじてて、十字架に、つけます！」

和むような物語 2

「おそろしやーー!! おそろしやーーはーはーはーーー!!」

　あきらかに、シャーマンのようすは、へんでした！

「何を見た！　こたえろ、何が見えた??」「エジプトがーー、エジプトがーーー!!」「エジプトが、何だ？　何だよ？」「早く、早くしなくちゃーー！」「だから何を??」

　シャーマンは、何を見た、ひっしにおしえて、はじまった！

「三匹の蛇だーー、三つの蛇が、エジプトの、ピラミッドの上に、宇宙が、エジプトにおちた、火の玉、あらゆるわざわい、それまでエジプト人が、狩りにつかったものより、すぐれた、宇宙のハンターが、あらわれーー！」

　きをうしなった、シャーマンを見て、アフガニスタン人は、ただちに、プロジェクトをいそいだ！

「いそげ!!! ケプラー186fがいい！」「はーー、僕はやだ、

まっはんたいの、宇宙じゃないか??」「君のプロジェクトは、
終わり！ 今、シャーマン、聞いてたでしょ、もう、地球は、
ここまで、ゆいいつの、いきのびるばしょは、この、ケプ
ラー186fしかない！」

　アフガニスタン人は、ノアの方舟あきらめようとしてた！
ところが、方舟は、かんぺきだと訴え、方舟は、ぬすまれ
た！

「めざすのは、宇宙！」「にげられた、これで、どうしたら
いい？ あれは、ぽんこつ、どこかの宇宙で、こわれる、ま
ちがいない、とにかく、人間たすけましょ！」

　そのとおりだった！ それでも、かれらより、早く飛べる
この宇宙船は、まちがいなく、ノアの方舟と同様、あらゆる
生き物、はこべるようになった！

「宇宙のみなさま、まっててよ、今たすけにいきます、神の
いかりは、人間だけがうける、宇宙にいる、あなたたちに、
つみはない、宇宙の雨がふる前に、いそがなくちゃ」

　船は飛んだ、あらゆる星から、星に、かれは、ひっしに、
人間じゃない生き物、さがしもとめた……

「二人ずつ、たすけなくちゃ！」そのころ、アフガニスタン
人は、あたらしい宇宙船つくり、はじまった！

　ケプラー対象指定KOI-571.05……または、ただのケプ
ラー186f！ この星は、けっして、地球と、たいしたちがう、
歴史たどっていない、や、むしろ、せいぶつ、生き物でさえ、

地球に、よくにていった！ にていた？ そうです、この星は、なぜサバクになったの、おしえるのは、かんたんじゃない！ それでも、人間ににた、や、もう、人間そのもののようなやつらが、この星しはいしたときから、それが、はじまったと言っても、かごんではない！

「偉大な、神よ!! 全て君が、きめればいい！」かれらは、にくしみ、なくすため、にくしみで、戦争おこなおうとしていた！ 星の、ゆたかさは、全て、神があたえたと、しんじ、神がのぞめば、命でさえ、ささげる、かくごだった！ ところが、シャーマンらしきものは、夢を見た！
「や、まて！ 神は戦争のぞんでいない、君たちが、宇宙の中の、もっともいだいな、戦士、うたがいはない、それでも、たたかいで、にくしみが、きえない！」
　ケプラー 186f 人は目を、うたがった！ すなわち、平和にくらせ？ でも、でも、今までの、おしえ?? 「もう、たたかいは、終わった、君たちが、この星に、ふさわしい神が、答えをだした！」実際に、なぜ、この生き物が、戦争はじまったのでさえ、シャーマンは、りかいできていなかった！ 自分たちは、なぜ、神をしんじ、なぜ、自分がシャーマンでさえ！ それでも、伝統、文化、そのような、しばりものに、しばられ、聞いてた、神の声だけが、たよりだった！
「タネを、まきなさい、みんな、タネを、まきましょ、神がくれた、食べ物に、いただきます、言えましょ！」「うる

さーーい」

　ケプラー 186f 人の中から、声が聞こえてた！「君は、た
だのシャーマン、もう、戦争終わり？　じゃ、今までの、い
けにえになった人、よみがえるよね……よみがえる、よ、
ね‼??」「いけにえは、神のささげもの！　もちろん、いつか
は……」「はーー？　いつか、いつか、もう、平和でしょ、今、
いきかえせ、君が、いきかえせーー」「神が、のぞんでいな
い物、僕には、できません！　けどしんじて、いつか、みん
ないきかえられる、その使命や、義務がありますから、この
星を、まもるぎむが！」「それって、まだ平和じゃない、て
こと？」「や、今は平和よ、君の声が、ゆいいつ、ひびいて
るだけ！」

　ケプラー 186f 人は、あいかわらず、頭さげた！　反発、ど
ころか、また、自殺しゃがでた！

「まだだ！　この、自殺の数見ろよ？　戦争やってたときより、
人間が、なくなってる！」

　シャーマンが、あらわれた「僕も、聞いた！　なぜだろ、
こんなに、ゆたかな星、神にあいされた星ほかには、いな
い！　全て、あります、全てあるのに、自殺が、止まらな
い！」

　シャーマンは、自殺になりうる、うつのケプラー 186f 人
をさがすように、もとめた！　あつまれた数は、あんまりに
も多くて！　シャーマンは、もっていた、全てのタネ、あげ

て言った！

「もう、ロボットの時代じゃない、われらは、平和を手にいれた！　この平和に、ロボットはひつようない、君たちがひつよう、ロボットがまくタネは、もういない、この星が、うえてほしくないなら、タネをまけ！　たねを、まいてくれ！」

　すると、ふしぎに、自殺はへった、かれらは、ヒーローになった、ケプラー186fは、だんだん、ゆたかになり……あらゆる、あたらしい食べ物、技術、宇宙へいく計画まで……ケプラー186f人は、いけにえでさえ、自分たちの、昔のすがた、昔の時代の、わすれるべきかっこうと、思うようにはじまった！　ところが、これは、シャーマンの言葉と、まぎゃくのこと、意味してた！　星をまもる人間、もはや、一人もいない、シャーマンは言った！

「おろかもの、君たちは、弱い！」すると、スポーツもつくられた、ケプラー186f人は、走ったり、おどったり、ゲームまで、やるようになった！　自分たちは、強い！　ひっしに、見せるため、手と足たたいた！　シャーマンも、よろこんだ、それを、音楽として、ひろめようとしてた、シャーマンじしん、音楽で、いのりささげて、はじまった！　ケプラー186f人は、夢をかなえるようになった、かれらが、のぞんでた、どの夢かなえて、はじまった！

　その中の一つ、たった一つの夢は、タネをまくことだった！　すぐれたタネを！　よりよい、食べ物のための、タネ！　すると、本当につくった！　タネは、きぎょう・ひみつにな

り、自殺の人間の、もっともすぐれた物として、かれらだけが、そだてるようになった！ でも、このタネ……あんまりにも、すぐれてて！ たいりょうの水をのみ、たいりょうのタネを、つくりはじめた！ すると、タネが、あちこちあらわれた！「ここは、僕の土地」とケプラー186f人は言った「僕がみつけた、このタネ、僕が、見つけた！」あらゆる土地が、しはいされるようになった！ 国もつくられ、シャーマンの頭のなやみが、はじまった！ すると、戦争もおきると、シャーマンは言った！「もう、いい!!」かれは、全てのケプラー186f人、あつめた！

「君たちは神の言葉わすれた、あんなに、戦争やめろと、言った！ なにが、ふまん？ 何が問題？ 食べ物は、すてるほどある、ではないか？ 夢もかなえられ、全て手にいれた、ではないか、なのに、この戦争は、何？ もう、いい、僕のさいごのたのみ……戦争やめて、みんな、神の、いけにえに、なりましょう！ 神に、命ささげて、ケプラー186f人らしく、この星、まもるんだ、命で、いけにえになって、まもるんだ！」

　かれらは、すべて、もやした！ 生き物まで、ぜんめつに、おいこんだ、や、その前、星には、水がだんだん、しぜんに、きえていた！ そして、かれらも……ぜんめつした！

白山信仰 1

　君は命何に、かけるって?? この問題は、かけられない、と思う!! だれのため、何のため、そして、そもそも、命のため、でしょうか?? 君の命まもる、この命どうぞ！?? 本当にそう、思う?? ま、とにかく、僕は馬鹿だから、その美しさが、まだ、つたわってないかも、けどね!! 命が命だとしたら、どうなります？ かんがえたこと、あるのか……？ もし、命が何より、価値がある、だとしたら？ その命うばう？ さしあげる?? じゃ、逆かもしれない!! もし宇宙で命が、いらない!! なぜ、宇宙に、わざわざ命つくる?? どこに意味がある、その命が、この宇宙で、なにができる?? 宇宙食べる?? 宇宙支配して、われわれは命言える??

　想像してごらん！ 君は、6兆年前の時代にもどるの！ けれど、宇宙というところが、命って、何?? じゃ、この、6兆年の未来に、いきましょ！ 想像、できた？ ……そ、光の

速さは、おそいの！　おそすぎる……まるで、カタツムリ!!
人間が、想像するだけでも、その距離は、すぐそこにある!!
頭の中だけ??　心の問題、神は愛??　いいだろ、神でしょ！
妄想、でしょ！　じゃ、本当の、宇宙食べて!!　ここに、ドー
ナツおいて、君たちに、ドーナツに、穴があるのか、どうか、
調べさせてやる!!　さ、なぜ僕が、これにたいして、これ言
える、それはね！　ある山の話です！

　その山は……白山信仰と、よぶ！　何物??　僕だって、知ら
ない！　はじめて、聞いた!!　はじめて聞いたけれど、想像は
できる！　人間は、妄想であろうと、想像であろうと、想像
できますよ！　山でしょ、宗教やら神やら、サバクよ!!　その、
イメージは、だれでもあるでしょ!!　それとも、僕だけ??　脳
みそ、つかってみましょ!!　この山ば、こえてみまーーす!!
この山、手にいれる！　ただの三角の山??　目の前に、そびえ
てる、ただの三角??　パラノイア??　見上げてごらん、この
目にうつる、三角の山を!!　もう、エジプトだ！　や、それ以
上、富士山！　それとも、オリンポス山？　モンテネグロで、
いこう！　モンテネグロ、すなわち、黒い山の国!!　トルコ人
からにげて、セルビア人がつくったと、言われてて！　この
黒い山に、国、もう一回みずから、つくった！　だから何だ、
君は、思う!!

　だから何だじゃない！　ヴェネツィアの時代で、モンテネ

グロと、ダルマティアは、唯一、セルビア人の、いきのびた国でした！ ほかの国は、ぜーーんぶ、さっぱり、オスマン帝国にうばわれ！ このモンテネグロと、ダルマティアは、山から、石をなげながら、生き延びた！ ヴェネツィアの、おかげでしょ?? 当時ヴェネツィアは、オスマン帝国の物が、ほしかっただけさ！ けど、イスラム教からもらうのが、いやで、いやで……わざと、この二つの国から、物、もらった！ どの、うちにしても、モンテネグロの、運命のはじまり、だった！ そのあと、ロシアとくんで、日本をめざした、モンテネグロ軍は、1905年から、その日本と、戦争やってて、ようやく、2006年戦争が終わった！ すなわち、世界で、もっともながい戦争……二つの国、日本とモンテネグロの愛と、言ってあげましょうか！

　日本は戦争する国よ！ 学校のテストだろうと、何だろうと、たたかう！ まだ、まもない、仏教をとりいれたときから、中国から、文字いれた!!その文字、仏教、お米、全てが、船の神がはこんだ！ さいごに、べっぴん様まで、見上げてて！ 中国人は、もう日本は、お金になる国でした！ 本、絵、金でさえ、なんでも、銀がたっぷり、もらえてて！ でも、べっぴんなおどりだけで、国はまもれない、日本は、よこづなに、あんまりにも、ちから、あげたので、よこづなの相撲は、問題でした！ 中国人は、とりあえず、クン・フ、教えようとしてたけど、ダメでした！ かれらは、べっぴん様、

ほったらかして、とりあえず……琉球王国、沖縄めざした！
そこから、なんども、なんども、りゅう・べん、りゅう・べ
ん……あちこち、あちこち……船うごかすと、ようやく、あ
の横綱を、なげてできる、柔道ができた！ かれらは、それ、
沖縄にも、おしえてたので、空手が、うまれた！ すると、
モンテネグロが、まだ、みじめな軍しか、つくれずに、日本
はもう、りっぱな、船もてた！ その船の中で……日本人は、
外国人を、この柔道で、なげてた！ 小さい体でも、柔道で
人は、なげられる、見せた！ そして、ロシアの船は、まけ
た！ ロシアも、まけた！ のこった、モンテネグロと日本だ
けが、戦争つづけてた！ すると日本は、アメリカの船とな
らぶほどの、大和の力、もとめてた!! モンテネグロも、ま
けていなかった！ 山に国があるので、空がちかくに見えて
た、モンテネグロ人は、この黒い山に、正教は、すべてしは
いするべきと、きめた！ 司教王子、ペタル 2 世ペトロヴィッ
チ・ニェゴシュは、まさに、宗教いがい、国にひつようなも
のは、ない!! モンテネグロは、黒い山だから、白い心もて
れば、一番、黒い山の国が、イスラエルの、山ほど、かがや
いて、神が光のように、そのキリスト教のおしえ、山も自分
の中にある、セルビアのオオカミでさえ、やっつける!! 自
分たちが、愛と、人間とは何か……ほかの、キリスト教の国
とともに、かんがえるつもりだった！ かれが、 2 ｍの体、
たちあがらせ……山、にあった石、なげると、モンテネグロ
から、オーストリアの王様に、あいさつ、めざした！ であ

うと……まだ１ｍちょっとのオーストリアの王が、２ｍの
ペタル２世ペトロヴィッチ・ニェゴシュ見ると……とつぜ
ん、さけんだ‼「おい、でかいの‼」「君だよ君‼」「どこの、
アフリカの国からきましたの、なぜ、ここにいるの??」

　すると、ペタル２世ペトロヴィッチ・ニェゴシュが、ぶ
ちきれた‼「モンテネグロは、ヨーロッパ、この、この……
子供‼??!」

　オーストリアの王は「えーー、えーーー、今、何て……僕
が、こ、こ……」

　おちついてください……王様、おちついてください！　ま
わりは、ひっしに、オーストリアの王、なんとかおさえて
た‼

　司教王子ペタル２世ペトロヴィッチ・ニェゴシュは、か
なしくて、かなしくて、モンテネグロに、もどった！　かれ
は、オーストリアの王にたいしての、いかりより、自分の、
なさけないすがたを、思い出してた！　なぜ、あれが、大人
だと、分からなかった??!　なぜ、あれが、オーストリアの王
だと、すぐに、きづくことできず‼　そして、かれはきめた、
これは、全て、モンテネグロ人の問題、キリスト教に、たい
しての、みじゅくさ！　せめての、おゆるしとして、イエス・
キリストに、いのり、ささげると！　司教王子ペタル２世ペ
トロヴィッチ・ニェゴシュは、言った！　僕とモンテネグロ
人は、ここで、ばつ、うける！　宗教は、なにがあっても、

まもらなくちゃいけないから！ ここで、僕がルールをつくり、君たちに、このルール、まもってほしい!! まず、世界で、もし人間が生まれたら、そこに、すめばいい!! もし、世界で、どこかにだれかが、おとし穴つくり、人まちぶせしたら、その穴に、そいつが!! だれかが、鉄砲もってて、火薬つくり、それをぶっぱなす、ライフルのこうげきのルールに、したがってたら、君は、人間じゃないと思え!! そして、この黒い山が国として、そんざいしているかぎり、世界は、この山より、ひろいと、思え!!

　仕事のため、命うばう、君は言う！ 自分の未来の子供のため、命うばう、君は言う！ 自分らしく、生きるため、命うばう、君は言う!! じゃ聞くよ、モーセは、ちがうか?? モーセも、ユダヤ人ではないか？ モーセが、エジプトはなれて、イスラエルで、神の山とともに生きるの、ほんとうに、その神のつみ?? その神があたえた、ばつ?? ユダヤ人なら、その、自分の神が、言ったことば、ちゃんと、おぼえて、それ言えるの?? それとも、うそ?? 本当は、ユダヤ教どうでもいい!! 宗教じゃなく、共産主義のほうが、だいじ?? 共産主義の川とか、共産主義のアフガニスタン、自分の力で、自分が学んだ、子供のころの、共産主義の歌と、森のなかのあそび?? ミルコとスラブコ、君たちは！ たまたま名前が、同じじゃないと、わかってて、おたがいを、こうげきしてるだけ!! ユダヤ人で、神でも、日本では、日本人のように、仕

事やれよ！ エジプトでは、エジプトのように、仕事、や
れーー!! なにが、モーセが、やだ？ なにが、やくそくの国、
モーセがつれてくれる?? 君はモーセか?? エジプトのなか
なら、エジプト人だろうが！ ユダヤ人そんなの、ないよ！
そんな宗教、すてろ!! 日本で、日本人らしく仕事、どの仕
事でもやりなさい、ピラミッド、がんばれば、つくれる……
がんばれば、できる!! なのに、やだだ？ 僕ユダヤ人だ?? い
つまで、その言い訳、する??

　オーストリアの王は、イライラしてた！ 僕が子供だっ
て??!! この、オーストリア帝国がドイツのほこり、しらな
いのか?? 馬鹿、モンテネグロ人が！ 何が、ペタル2世ペト
ロヴィッチ・ニェゴシュ……仕事見せてやる！ オーストリ
アの王は、大人らしく、タバコ、口にいれ……！ スパスパ、
スパスパ!! けむりがたちあがると、かれは、アボリジニー
の村がもえるの、夢に見てた!! 黒い山かーー、黒い山は、
きれいに、もえるだろうなーー!! オーストリアの王は、ま
わりに、タバコすえるの、きんししてた！ モンテネグロっ
て、何だ、かれは、さけんだ!!

　僕は白山信仰しらない！ けど、もし、この話に、共通点
があるなら、それは、けっして、ぐうぜんではないと思う！
われらは、みんな、ビッグバンでうまれ、いっしゅんで、宇
宙に、あらわれ、きえてるだけ！ 花火のように！ それが、

うんめいじゃないなら、うんめいはなに、ぎゃくに、おしえ
てほしい!! では、問題に、戻ろう！ 君の前に、ピッグつか
まえて、にげる、赤い髪の毛の生き物があらわれた、ズボン
がボロボロ、うしろから、声が聞こえる、止まれーー、止ま
るんだーー!! 君は、そいつは、何だと思う?? 分かる、チュ
パカブラでしょ?? チュパカブラだけが、そのようににげる
と、君は思うでしょ！ でも、ちがう!! もっともハイレベル
の大学で、この問題に、唯一答えた人は、こう言った!!「あ
の、ズボンは、ボロボロじゃない、今げんざいで、もっとも
はやってる、ファッション！ そして、生き物じゃない、あ
れは、女性、今の女性は、スカートじゃなく、ズボンもはけ
るし、髪の毛が赤、むしろあたりまえ、みじかくてもながく
ても、女性に、うたがいは、ない!! そして、にげてるのは、
大好きな豚に、あたらしいリボンみつけたので、さっそく豚
につけたいから！ このように答えないと、君は、大学には
いれない、なぜなら、君は、宇宙とチュパカブラが、アイン
シュタインの脳みその、おもさあらわしてるの、分かってい
ないから!!!

白山信仰 2

　女性は、もう、ロケットの意味をうしなっていた！　彼女の目標は、この、地球人の手を、正世界に、おさめることだった‼　ところが、そう、うまくはいきませんでした！　旅の、とちゅうで……およそ、かぞえきれないほどの、グレムリンに、おそわれた‼　たたかいがながびいてたので、ぜんしんが、血まみれに、なってた……グレムリンは、ひっしに、こうげきつづけようとしてた！　すると、彼女が、たおれるのを見た！

　と、同時に、グレムリンも、そのあと、つぎからつぎへ、人間につかまった‼　人間は、よろこんでた……これはいい、グレムリン……よくはたらけ、そうだ‼　すると、女性に、きづいた‼　うん？　なんだこれは、女性ではないか！　おい、みんな、はこべ‼　女性が目ざめると、そこは、ウィグワムだった！　男は言った「怖がらないで……」素敵な笑顔で彼

女にちかづくと……いっきなり、手きられた!! 彼女は、ひっしににげた! 手食べながら、彼女が、唯一聞こえてたのは、男の、さけぶ声だけでした! 彼女は、りかいに、くるしんだ! 今のはなんだ? まるで自分と、同じすがたの生き物が、この地球に!! これも、地球人?? 彼女が、ある山を見てた!! 山に、のぼると……そこは、見渡す限りのグレムリンが……人間につかまえられ、三角のたてものつくるように……ひっしになぐられてて!! なかには、グレムリンが、へんなうごきするやつまで! 人間は、さけんだ!! おい、馬鹿か、こいつにあげるなと、言っただろうが、おおきなグレムリンだけに、グレムリンの肉あげるのよ!! あきらかに、人間は、食べ物でさえ、グレムリンにあげるの、いやがってた!! 彼女は、まるで、動物、見てるように、どこかで、はきけさえ、かんじるようになってた!! 自分が食べてた人間の手を、思い出し! よけいに、きぶんがわるかった! しばらく歩くと、風をかんじてた!! あきらかに、風は、メキシコにうごきをかえ……彼女は……まるで、木の葉っぱのように、上へ、上へ!! もはや、生き物のすがたというより……ただの、ぼやっとした……雲でも、なにものでも、なかった! 彼女が、つぎにすがたあらわしたのは、ベネズエラと、ガイアナの間にある、どろどろした……なにものでもないところ! 土に半分うもれて、ひっしに脱出、試みた! すると、ヤマンバらしきものが、あらわれた!! おや……まーー! 大丈夫ですか?? ヨッコラショっと! へんなの、ここに人間、めったに

あらわれないのよ!! ま、いい、私とくればいい!! 二人は、
山をのぼりはじめた!! しばらくたつと……小さなどうくつ
に、はいった!!! これ、食べなさい! ヤマンバは、なにか、
へんなものあげた! それでも、きにせずに彼女は食べた!!
しばらくたつと、ヤマンバと、言葉までりかいできた! グ
レムリンて、何??? あーー、あの生き物か! 昔は、ちがう
すがたでした! たしか、人間食べる前に……赤い血は、あ
りませんでした! それが……血だけじゃな……、うごきか
んがえ、やってることでさえ……まるで人間そのもの!! そ
れで、人間も、かれらをつかまえたり、馬鹿にしてた! 私
は嫌でした……このどうくつに、にげ……今、ここにいま
す! グレムリンは、山にあんまり、あらわれない! 水から
生まれて、なぜ、生きてるのでさえ、わかっていないみた
い……ところが、人間につかまえられたせいか、どういうこ
とか、卵うむようになった!! しばらくたつと……女性は、
また一人で、旅つづけた! ところが、そこは、グレムリン
だけじゃなく、人間、蛇、あらゆる、魚……あらゆる世界を
みると、ぎゃくに彼女は何、きにする魔人が、あらわれた!
この魔人が、しつこくて、しつこくて……彼女は、宇宙から
あらわれたと、しんじるように、なった! なんとしても、
つかまえるため……あらゆるトラップを、つくってた! す
るとようやく、つかまえたと、思ったら……手をきられ、さ
いごに、しんぞうまでさされた! それでも、ふしぎと魔人
は、笑顔でした! 彼女がふりむくと……かわった自分のす

がたは、まるで、おとしよりのような!! 彼女は、必死にに
げた……とにかくとおく、魔人から……その、のろいから!
けれど、体が、だんだん、のろのろうごきになり……じめん
に、龍のような絵を見ると……そこに、たおれた!! まるで、
龍つかまえたかのように……彼女は、ちかくに川がながれる
と、きづいた! その川は、おおきな山から、ながれてた!
彼女の、さいごの言葉は、その川の、つめたい氷にたいし
て……「冷たい!」ひとことでした!

百の目を持つ怪物

　フリギアのミダス王が望んだ金、不利にされた、インドの車のしたじきに、ディオニュソスを見た！　これだと、ブルガリアの金が、トルコにとどかない！　インド人の奴隷を減らせば、金のマスクつくるのは、不可能！　かれは、ディオニュソスに、朝と夜のくべつ、おしえた！
「酔っぱらってねるんじゃないよ、神でしょ、ね、ディオニュソス、ディオニュソス、しっかりしなさいってばーー！　インドにもどる金なら、二倍あげる、インド人ここに連れてきてねー」
　あ、ごめん、ごめん、金ならあげるよ、はいどうぞーー！　手ひらいた、フリギアの王が望んだ金なにも、もらえてないディオニュソスのイリュージョンですね！　ま、ただの酔っぱらい、何が分かる……と思うと、ワインでものもうとすると、ワインとグラスが、金に！　ズボンさわると、それも、金に！　木にさわると、木が金に！　なにさわってても、全て

が金になり、かれは、よろこんだ！ やったで、これで、金
いくらでも、さわればいいだけで！
　みんなをあつめ、かれは、みんなに金あげると、みんなが、
金になった！ これはどういうこと、大好きな女性に聞くと、
彼女も金になった、もはや全てが金、どこあるいても金、な
に見てでも、何から何まで食べ物さえも金にでさえ、さわっ
ただけなのに、金！ 水のんでも金！ フリギアの王は、ぶち
きれた！ よっぱらいのディオニュソスめ‼ かれは、ディオ
ニュソスの前に、あらわれた！
「たすけてくれーー、食べ物でさえ、食べてできない、全て
が金になる！」
　ディオニュソスは、おどろいてた！ あんなに金がほしかっ
たのに、金もらったしゅんかん、こんどはいらないのか？
「いらん、金なんかいらん、おねがい、なんとかして！」
　ディオニュソスは、指で川をさした、あそこ、手を洗う？
「え、それだけ？ はやく言え、まぬけ」
　フリギアの王は、手を洗った、洗っても、洗っても、うわ
さがきえない、洗ってても、洗ってても、耳がいたい！ か
れはひっしに、手を洗った、イギリスで、人の髪の毛が赤く
なるまで！ かれは、手を洗った、アルジェリアで、フェニ
キア人の目がグレー色になるまで、かれは手を洗った、アラ
ブ人のヒゲが赤くそまるまで、かれは手を洗った、中国の王
が、ベトナムのちかく、息子がうまれるの、まってるまで、
かれは、手を洗った、カンボジアの、蛇と、沖縄の踊ってい

る人間の、かぶりものが、赤くもえるまで！ すると、手が普通の手にもどったのに、かれは、バンをつかみ、よろこんでて、よろこんでて、その、ほそくなった体は、ひっしに、そのパンがなんとか、口まで持って、はこぼうとしたとき、口に入れたとたん死んじゃった。

　ミダス王の死を哀れんだディオニュソスは元のミダス王を生き返らせた。

　そして、さらなる展開へ！ インド人はヴィシュヌ神にカンボジアに川をつくりお米がたくさんとれるようにお願いしました。そして、感謝のため蛇にお米を食べさせ捧げました。これを聞いた新羅の慶文王はお米が足りないのを悲しんでいたので早速蛇にお米をあげると、彼の胸のところにくるまった、そして、いきなり、彼の舌かじった！ 耳だーー、耳だーー、新羅の慶文王は、まっ白な髪の毛で、まるで、ぼうれい見てるように、指で蛇を、さした！ そして、さらなる展開へ！

　ある日、たて琴の神アポロと笛の牧神パンはどちらの音が素晴らしいか競い合いました。審査をした神々は、たて琴の音が素晴らしかったといったがミダス王は笛の音良く響いたといった。アポロはよい耳を持っていないと言って怒りミダス王の耳をロバの耳にしてしまいました。人々はミダス王の理髪師が次々と殺されるので、にどと、理髪師やりたいと思う若者現れないとつよくしんじてた、まるで、宗教のように！

　ところが、その町で、若くしてあらわれた、一人のユダヤ人が、理髪師がいないと、気づく！　でもそれは、韓国人だったかもしれない、イラク人、アラブ人、イラン人、または、中国人ではないか、とさえ、言われています！

　とにかくスラヴ人は、早く大人になり、くだらん話しないために、自分の、子供の耳ひっぱる伝統が、あった！　ところが、それはなぜか、はっきりしたことは、なにもない！ミダスの前に、あらわれた、その若者は、ミダスのながーい髪の毛を見て、おどろいてた！　髪の毛は、ながくて、ながくて、まるで、理髪師にであったことがないような、それでも、美しく、まるで、シルクのような、かがやきで、かれは、すぐに、仕事にかかった、しばらくたつと、それがそこに、あった！　ひじょうに、とがった耳が、まるで、ロバそのもの、自分が、ロバの髪の毛、ととのえてる？　そうおもいながら、たしかに、ロバの耳!!!

「見たわね！」ミダスは、言った！

「見たでしょ僕の耳を？　12の金貨あげるから、しょうじきに言いなさい！」「や、めっそうもない、見てません、そんなごじょうだんよ、やめてください、僕がだれかの耳見てるひとに見えるのでしょうか？」「へーーー、ふしぎ、今まで、君のような、しょうじきな、理髪師はじめて見た！　いいだろう、これからも、髪の毛たのむ、はい、この12枚の金貨うけとれ！」

　若者はよろこんだ、金貨もらったから、じゃなく、命びろ

いしたのほうが、むしろ、そのよろこびを、こえてた！　ところが、がまんできなかった！　あの王は、何様よ？　僕に、髪の毛まかせながら、もうーー、頭にくる！　かれは、ひっしにたえてた！　たえて、見せた！

「おーー、君ミダスの理髪師でしょ？　何か見たの？」「え？なぜ、それ聞く？　僕何も！」「言えよ、何かひみつがあるはず、だって、今までで、生き延びた理髪師、君だけ！」「や、しらないってば、ほっといてくれ！」

　ところが、どの人に、あっても、そのような質問！「ねーー、ねーー、答えて、たのむ、何かあったの、何か、見た？　なぜ、君だけが、理髪師？」「もう、やめてくれよ、僕はしらん！　僕はただ、言われたとおり、やってるだけ！」

　かれは、にげた、とにかく、人間がいないところに、人間がいるの、いやになった！　ある涸れ井戸のところに、あらわれると、かれは、もう、かんぜんにいかれてたじょうたいで、もう、水でさえ、のみたくないと思ったら、井戸かれてると、気づく！　井戸に言えればいい、どこか、そのような、自分のなかから、声が聞こえて……「だれも見ないよ、井戸も涸れてるし、言えよ！」もう、がまんできない！

「じつは、じつは、なに、あの、ロバの耳は、ロバの耳もってるくせに、見たか、僕の、耳、見たか、えらそうに、え、見たよ、この馬鹿！　あーー、すっきりしたーー！」

　次の日も、また、次の日も、かれは、ミダスの髪の毛を、ととのえて！　すぐに、井戸に、そのきもちを、しょうじき

に言ってた！

「今日もうざい、12枚の金貨もらったけど、なにこの、イ
ライラ？　もう、怖くて怖くて、ミダスの耳は、ロバの
耳ーー！」

　次の日も、また井戸で、「きらい、ミダスがきらいなんだ、
あいつ、馬鹿でかい、ロバの耳」つぎの日井戸で、まるで威
喝されているように、「ミダスは文句、文句で拷問みたい！
ロバそのものよーー」つぎの日も井戸にいきながら！「もう、
あの耳は、もう、あの馬鹿でかい耳は、もはや、髪の毛で、
かくせましえーーん！」つぎの日も、井戸の中に、頭ぜんぶ
つっこみながら！「王様の耳はーーロバの耳ー！」

　きづけば、その若者は、井戸の上に立ってた！　かれは、
大きな岩を両手でつかみ、井戸の入口かくそうと、してた！
よっし、これで、だれにもしられず、僕とこの井戸のひみつ
だ、たのむぞ、僕の言葉だれにも、おしえるな井戸さん！
そんな、おかしい言葉のこして、かれは、すなおに仕事にも
どった！　しばらくたつと、ミダスは、きぶんが悪かった！
「おい君、君ーー、なにこの髪の毛？　ぜんぜん、美しくな
い！　12金貨はらってるのに、なにこのざま？？　もっと、しっ
かりはたらけよ！」

　もう頭にきた、そう思った若者は、たえてたえて、すぐに、
井戸まではしった、ところが、井戸には、大きな岩が！　ちっ
くしょうーー、岩つけるべきじゃなかったーーー、かれは、
ひっしに、岩どけようとしてたけど、びくとも、うごかな

い！「たのむよ、たのむってばーー、もうげんかいよ、あの王のうわさ、かくすの、もう、できやしない！」

　すると、岩がうごいた、やった！　かれは、井戸の入口にちかづくと、王様の耳はーー、ロバーの、耳ーーー、声が出た‼「え？　どうゆうこと、え、どうして」かれは、それいじょう大声で、もう、まわりにはっきり、きこえるくらい、「王様の耳はロバの耳ーー、わかったか、この井戸が、それはバカーー、馬鹿が見る豚のケツ」と、ドン、井戸しめた！「ぷっぷぷ……あは、あははははは、あーがががが、フフフフフ、アーーハハハハハハ！」かれは、笑った！「うあーー、自分の言葉聞こえてたと思った、とうとう、ストレスがたまってる、なによりのしょうこ！」かれは、また、井戸の上に岩おいて、そこから、さった！　ところが、王様の、きぶんは、かわらなかった！　食べ物まずい！　水くれ！　水でさえ、まずいかよ！　まともな、水！「え？　でも王様、これは、もっともひょうばんがいい、水よ！」「は？　馬鹿にしてるのか、もっといい水早く！」

　しかたなく、昔とってもよいひょうばんがあった、涸れた井戸の水、かれらは、王様とともに、涸れた井戸から、とりにいった！　ところが、その井戸の上に岩が！「なにこれ、だれが井戸の上に、岩おいた？　早く井戸から、水を！」

　王様の言ったとおり、岩をはずすと、井戸から、大声で、若者の声が！

アマゾンズの女性は強いですね～

「しずまれーーーー！」

　女王ペンテシレイアは、言った！「今日から、アフリカと　インドは、このアマゾンズが、しはいする……にどと、その　アトランティス人の船、ここにおかないで!!」

　アトランティス人は、パニックに、なってた！　かれらは、　これをなんとか、ペルシア帝国が、間にたって、人間らしく　かいけつするのを、もとめてた！「アトラスのせいだ」女王　ペンテシレイアは、くりかえしてた！

「アトラスのせい！　この、アトラスというものは、プロメ　テウスと同じ……プロメテウスが、火をぬすんだのは、だれ　のためでもない……かれの心という、くだらん、もうそうが　うんだ、だれかに、やさしく、火あげたい、妄想！　それだ　けなのよ、あのオリンポス山の神々の王ゼウスが、ヘバイス　トスに、最初の女、パンドラを、つくらせた！　そのため、　われらは、男にはなれない！　われらは、女性として生まれ、

そのパンドラがあけた、箱すべて、われらのせいにしている！ 太陽を見て、今しずむ!! でも、またあらわれる、それは、なぜ？ それは、さいごに、パンドラの箱にのこったのは、望みだけ……その望みが、箱から、でようとしたしゅんかん、ゼウスは、箱をとじた！ かれらは、オケアニの息子！ クリムメンとかアジアとかの息子！ 悪そのものの、プロメテウス!!」

　しばらくたつと、女王ペンテシレイアは、ペルシア帝国の壁の前に、あらわれた！

「私はアマゾンズの女王ペンテシレイア、君たちの王と、話がしたい!!」

　ただちに、門が開けられ、女王ペンテシレイアは、ペルシア帝国の王の前に、あらわれた！

「女王ペンテシレイア様どうしたの、なぜ、わがペルシアへ??」「話がある！ 君はアトランティス人、かくまってる!!」「僕が、まさか、僕のような程度の帝国が、かれら、かくまうわけないだろ？」「もういい、言い訳は聞きたくない！ それより、かわりに提案がある、手をくまないか、ペルシア帝国とアマゾンズが、一つになる、言わば、アケメネス帝国をつくりませんか??」「アケメネス?? 君たち、アマゾンズは、聞いたことある！ たしか、男がいない国！ ま、奴隷ーー!! なぜ、くむひつようがある？ 自分で、しはいしてあげよう、君たちは、したがえばいい、たしか、オリンポス山の神々の王ゼウスの、まご娘！ 軍神アレスの娘！ そして、それらの

たすけさえもらえずまけた民族の、アマゾンズ女王?? もういい、話は終わり、だれか僕に、ワインをそそいでくれ!!」

　それを聞いた、女王ペンテシレイアは、しずかな声で「ワイン、だと？ ワイン、あの、ワインの神様、ディオニュソスのワインだと??」女王ペンテシレイアは、さけんだ!「ワイン、私がそそぎます、その前に一つ、聞いてほしい!!」「何でも、聞いてあげるよ、ベッドの中で!!」「アマゾンズは、たしかにギリシャ人にまけた! でもどうじに、メソポタミアで、雨がふりました、人は、海にしずんだ! いないよ、メソポタミアは、けど、かれらのとなりに、めだたないバビロニア人の神、水の神エアは、生き延びた、そして、ほかの神はぜんめつし……人がなくても、しはいは、できるのよ! 私の父、軍神アレスに、神殿つくれこの国は世界を支配するだろ!」「100人の命もとめてる、神殿??」

　ペルシア王は自分の部屋にはいった! ベッドにねころんで、まってた! すると、本当に、ワインもちながら、女王ペンテシレイアは、あらわれた! ワイン、うけとると思った、その瞬間、うしろから、女性につかまえられ、女王ペンテシレイアに、首をナイフで、きりおとされた! ペルシア帝国は、けっして、これを許すことはなかった! 女王ペンテシレイアは、ペルシア帝国の王の命うばっただけじゃなく、彼女がつかったナイフが、角になるように、聖なる馬の頭に、かざられた! のちに、この生き物を、ユニコーンとよぶ! でも、ペルシア帝国いがいで、このおこない、ゆるされな

かったのは、中国だった！　かれらは、インドで、牛、馬、全ての悪口で、その、女王ペンテシレイアのおこないをバッシングしてた！　そして、馬の鼻に馬の足さすと、それを、バカと、よんだ‼　でも、これはアラブ人が、シルクはこんでたからではないか、と思っても、おかしくはないよ！　ところが、ゲルマン人の、ブギーマンもあらわれ、夜で、ブーーマン、と言ってた！　スラヴ人では、角頭にさされたおばあちゃんも、あらわれ、ボギーマン、すなわち、魔術師とよばれてて、ババログも同じく、森の精霊として、あらわれた！　ポギーマンは女性で、ババログは男性として、おたがいに、ロマンスなデートとか、おたがいに、満月の月見てたりする！　でも、この男性のババログ、じつは音楽が好きで、ダンシングをやり、昼と夜の逆目で森の中にたおれて、怪我をした女性をレイブしてた‼　この、とくちょうは、サチュロスにもあり、ちがいは、サチュロスは、音楽の名人だった、そして、ダンシングで、足おれるほどおどった！　レイブは、骨まで、うすいすがたでみえない、うしろから、女性だけじゃなく、ニンフにもやってた！　でも、このそんざいいがい、生き物でも、幽霊でも、めだたないそんざいで、ほとんどは、だれにも分からなかった！　それにくらべて、ディオニュソスの人気は、それはもう、空たかく、美しく、コロナと、クラウンとして、もっとも、畏敬のある徴に、なってた！　ところが、オリンポス山の神々の王ゼウスが、あらゆる、人間の妻に手を出した！　みだらなおこないにお

よんでたので、ギリシャ人は、もはや、ゼウスを、バクスターのイメージで、えがいてた‼ 人生はゲームではない、ある女性は言った！ 彼女は、大きなにもつつかんでブラジルにむかった！ ブラジルは、黒人であふれてた！ かれらは、イギリスのボクシング、にくんでて、自分のじゅうじゅつを、まもろうとしてた……ボクシングはイギリス、黒人はイスラム、お尻見せるのは、このブラジルで、ふかのう‼ 彼女は嬉しかったここまで、女性のお尻でさえ、まもられてる、かのじょは、しぜんあふれてるところに、あらわれ、そこに、一つのおばあちゃんが！ 青ざめた目で、おばあちゃんは、その女性に、世界は一つになると、おしえた、日本だろうと、ブラジルだろうと、自分たちは、同じ！ 赤い線でつながってる！ 彼女は、赤い糸で輪をつくり、手にかけた！ これで、君ののぞみ、三つかなえるよ！ 彼女は嬉しかった、家にかえると、好きな人が、目の前に……彼女は思った、この男、やばい、かっこいい‼ すると、かれと結婚した、子供がほしいと思うと、子供が、生まれた！ これ、すべてこの赤い糸でできた、彼女は、かれに言った！ かれは、ナイフつかみ、赤い糸の輪を切っちゃったの！ 君は、夢見てる！ 赤い糸に、そのちからはないけど、三つののぞみ、僕が、かなえてあげる！ ところが、彼女は、きえた！ 子供きえ……かれは、ぜつぼうの、ぜっぺきにたってた‼

ある男・P

冷戦時代は終わった、ベルリンの壁に、人間が、のぼった――

P 「おりなさい！ そこから、おりて！」

D 「は？ 僕の木だ、ここからおりないよ！ だいたい、君だれよ？」

ウラジーミル・ウラジーミロヴィチ・Pにとって、ただの仕事だった！

P 「僕は誰だと？ 今僕の名前聞いているの、それとも、国？」

D 「ここは、ドイツ、僕はドイツ人、自分の国にはいる、この壁、君にあげる！」

ウラジーミル・ウラジーミロヴィチ・Pの、あせりが見えていた、それもそのはず、なぜか、壁にのぼる人が、ふえてはじまった！ その数は、１万、２万だんだんふえ、もはや、壁じゃなく、人間その物！

D 「ドイツだー、われらは、同じ民族！ 同じ宗教！ 同じ民
　　主主義だー！」

P 「君に国は一つで十分、壁からさっさとおりろ！」

D 「何こいつ？」

P 「壁！」

D 「キョオサンシュギ　ドイツ、ここドイツ、あとちもド
　　イツ、わがベルリンへ、ようこそ、ブランデンブルク！」

P 「僕は、ブランデンブルクじゃない、そこからおりろ、
　　サル！」

D 「155km、28年間のうらみー、シャサツ、レエセン!!」
　のぼった、もはやギリシャ時代のトロイの壁も、エベレス
トをこえる人の壁もあらわれなかった！

P 「おりろ、ボケ！」

D 「誰君、おい、こいつ、壁にのぼらせてくれない!!」
　ウラジーミル・ウラジーミロヴィチ・Pに、さがるめいれ
いが、ロシアより届いた、もはや、ドイツ人は軍にしか見え
ていなかった！

P 「僕はさがる、にどと、のぼるな、僕の壁」

D 「はいはい、サヨオナラー！」

P 「今なんて、言った？」

KGB「もう、さがりましょうよ、あぶないよ！」

P 「今何て？」

D 「エベレストは、僕の、地球だー！ ここにわれ、たちて、
　　あり！ クリスト、ふぁふぃふふぇふぉ！ なんだって、

11人がシボウ??　8ｍなのに、ネパールが見たいんだ！

　　シカシない、アレワこの壁と違うのでイマこわす！」

P　「おい、今何て言った？　聞こえないの?!」

D　「あっ、何だって？」

　大勢の人で聞こえなくなった──

P　「うつ！ハニエト？」

D　「ワスレテワイケナイ、ドイツを、くっ！」

P　「だまらせてやるよー、見ていろよ、見てなさいよ！」

KGB「もう、Pさん、ここは、もう、さがらないと！」

　戦争をする意味がなくなった。ドイツでつくられた、鉄の技術、もはや、イスラエルを支配するちからに、なっていた！　その鉄もとめて、ユダヤ人は……

P　「アウシュヴィツだと？」

D　「アウシュビッツですよ、ロシア人だろと、かまわん！」

P　「ユダヤ人です、名前が、ウラジーミロヴィチ・Pだけ
　　ですよ、なぜ分からないの？」

D　「分かる何を???」

P　「アイゲネ　アニイヒ　ウィーンショルダタン！」

D　「シュプリヘン・イン・ドイチュラント？　ミーン！」

　はるか、イスラエルから、ポーランドめざしたユダヤ人は、塩にであった！　塩大国、ポーランド人は、

PP「ハイ、交渉してもらわないと、塩はちょっと！」

　ハイハイハイ、アー、ソーウッウン

PP 「とくはない、何さきから?? ポーランドはドイツのカト
　　リック、文化、鉄と、ユダヤ人の銀行を、手に入れた、
　　言わば、はじめてのスラヴ人の国が、できた！ おとな
　　りのウクライナまで、そのえいきょうがおよぶと、もう、
　　うたがいはなかった！ 世界は、カトリックで、しはい
　　されたように見えた！ スペイン、イタリア、フランス、
　　ドイツは、カトリックになった、ひっしに、ギリシャの
　　キリル文化おしえてあげようとしてるのに！」
　　から、まなぶために、人間をおくった！ ギリシャ、

P 「コス島、いいな、セルビア人はいないのだ」

G 「うそだ、あんたも、なぜ、名前ウラジーミル・ウラジー
　　ミロヴィチ・Pにしましたの？」

P 「だって、かれらがしはいしている、今さら、さからう？」

G 「ビザンツ帝国つくればいい、このくつじょく、名前まで、
　　かえられるのかよ??」

P 「ここ、ロードス島、それ言えるのは今のうちだぜ、明
　　日君も、名前が、ウラジーミル・ウラジーミロヴィチ・
　　Pになるのよ！ だいたい、かんがえるのつかれた！」

G 「もう哲学よしてくれ!! では、正教がひろくおしえられ、
　　セルビア人は」

P 「ウラジーミル・ウラジーミロヴィチ・P」

SB 「ボグダン・ボグダノビッチ、あのね、名前であそんでも、
　　いくらでも、できますよ！」

P 「きさまー、はい、こいつ、小さい十字架よ！」

SB 「えっ?? ちょ、ちょ、ちょ、まてまて、まておい、バカ
　　 かー?? キリスト教、キリスト教が、聖なるスレブレニ
　　 ツァに、ほうりこんだの??」
P 「なにか問題でも、ただの、名前よ！」
SB 「よくもそれで、セルビア人と名のったものよ!!」
P 「あんたたちのスレプレニツァには、意味もない！ あん
　　 たたちの、スレブレニツァは、銀をひっぱらない！ こ
　　 こで、キリスト様からゆるしもらい、ここ、君たちの、
　　 墓にする、そして、このスレブレニツァは、きょうなる
　　 セルビアの土地ではなく、ヘルツェゴビナのうつくしき
　　 文化のように、キリスト教うけ！」
SB 「おい、まっていて、おい、君、本当にセルビア人？ そ
　　 の、キリスト様って、だれよ、なんでギリシャ、なんで
　　 キリスト教になっているの、君？ クロアチアに、キリ
　　 スト教あるわけねーだろうが、みなそれで、納得できず
　　 に、今でもセルビアにいるの、そう、おっしゃるの??」
P 「君たちのスレブレニツァは、アマゾンズだよ、ボスニア、
　　 悪魔そのものと思え！」
SB 「ちょっとまって、同じセルビア人でしょ、や、それで、
　　 いいのかよ、わけわからん宗教うけて、それで、同じセ
　　 ルビア人やっつける？」
P 「わけわからん、宗教じゃない、われらは、イエス・キ
　　 リストの愛にふれた、キリスト教こそ、すべて、そして
　　 この、スレブレニツァの名前、あれ、あの魔女ババロガ

とともに、銀のホーキにして、ふっ飛ばした！ 月のか
がやく夜の空に、角をそこにかざせばいい！」

SB「そんなの、子供臭い！ 分からないのかー、なんで神話
が、宗教とかかわる？」

P 「君の、クロアチアもいないよ、もう、われらのヴコヴァ
ル島まで、すすんだ！」

SB「えっ？ うける！ あそこ、オオカミのおしろじゃないよ、
バカ！ あれ、ハンガリー語よ！」

P 「ヴコ川は、あるはず！」

SB「ちがう、ハンガリー人にとられている名前も、すべて
かれらの物になっていて！」

P 「じゃ、ドラゴンジャ川がケルト語でしょ！」

SB「当たり前」

P 「君こそバカか、われらキリスト教は、地図という物、
手にいれたイギリスは、スロベニアから、あんまりにも
とおくて、とおいそんざいと言ってもいいくらい！」

SB「よろこんで、ドイツ、ウクライナ、ロシア、クロアチ
アと、スロベニアに、正教をおしえていた！ ところが、
キスだけでは、ダメでした！ ミナサン　まっ、わたし
なりに、全体をみると正教じゃない、こわがらなくてい
い、われらは、そしてカトリックというものをおわかり
なさい、もう正教の時代はおわり、カトリック、すなわ
ち、オオヤケに、なるのだ、また明日もあいましょう、
という意味ですよ！ キリスト教は、やさしい愛の心で

おしえられるべき、もう血ながさないでいい、だれかイスラエルの何か、聞いていませんか？ われらの軍も、イスラエルに、このように、まったく同じカトリックを、おしえるために、おくった！」

K 「イスラエル、て、何？」

P 「あ、イスラエルもしらないのか！ イスラエルとは、われら、君と同じキリスト教の、イエス・キリストの十字架が、おかれる場所よ！ この、Pをしんじて、ロシア人はアルバニア人といっしょに宗教を考えていたんだ、名前とは、ふしぎなものよ、名前で、全てきめちゃだめですよ、われらの、イエス・キリストの、言葉と思いなさい！」

K 「セルビア人のキリスト教でやられた、なぜ、あんたたちのほうがましと、言うの？」

P 「キリスト教のわかれ道に、たどりついた答えが愛でした、別れても、あいてをにくまないで、愛しなさい、右のほっぺなぐられたら、左も、あげなさい！ 東方教会と西方教会は似ていて、それは、自然な出来事だった！ ごく、小さな小指くらいの、やくそくが、なぜか、心とつながるのできず、それでもその精霊はおたがいの財産を見て、われら御父の誠のはイギリスだって、そうよ、そこにはイギリス教会もあり、プロテスタントのエキュメニズムもあり、様々です。質問ある人？」

G 「それは、ギリシャのバルカン半島の正教が最初で、こ

のPの正教は、そのあとでできたものです。もう、カト
リックだの、正教だの、プロテスタントだの、僕は、バ
ルカン半島にはいって、あのエレクティオンをおきたい
のだ、アテネからの、慰霊です！」

新約聖書

　ごかい、うらぎり、まちがい、べんきょう・ぶそく！ これ、全ては、新約聖書で、見なおされ、正とは、なにか、本当とは、何か、ま、いっぱんてきに、今でも、だれもが、東京キリスト大学で、まなんでること！

　では、まず、キリストとは、何か？ 神、それとも、ただの、ユダヤ人……これは、けっして、イスラム、キリスト教と、ユダヤ教の、もんだいではない！ われら、ごく、ふつーの人間の、問題！ ごぞんじだと、おもいます、日本という国は、今でも、やばんな、まともじゃない王様の、宗教、しんじてる！ 本当の世界は、しんの神を、ぶじょく、してる！ でも、われら、東京キリスト大学は、それでも、かれらに、たいして、にくしみとか、悪いかんがえは、ぜったい、もっていません！ 東京キリスト大学が、ただ、おしえたいのは、キリストは、神の手で、ころされたではなく……ユダヤ人の手で、ころされた！ でも、これは、ごかいしないで、ほし

い！ とうじ、イスラエルや、パレスチナでさえ、みんなは、ユダヤ人だった、もちろん、イエス・キリストも、ユダヤ人だったように！

　ただ、ゆいいつの、ちがいは、えっと、この手紙見れば、わかる！ まず、見せたいのは、テモテの手紙、この手紙、よめば、あきらかに、なにがおきたの、すぐに、わかる！ わからない人、いるの？ いないでしょ、テモテ、言ったんだから！ そこまで、かんたん！ つぎに、見せたいのは、テトスの手紙……このてがみも、じつにいい！ や、かんどうさえ、おぼえます、この手紙の、とくちょうは、なんと言っても、その古い、ギリシャ文字！ なぜ？ そ、書いてたのは、ユダヤ人、ギリシャ文字かく、ユダヤ人、今、どこにいる?? そ、どこにも、いない！ すなわち、すばらしい、もう、トレビアン、トレビアン！

　では、はじめよう！ 神とは、なにか！ まず、神と言えるべき、じゃない！ われらは、ちっぽけなそんざい、神が、なにかんがえ、どうして、地球つくったの、われらは、わからない……でも、わからなくても、われらが、本当に、地球にいるのは、まちがいない！ だって、いないなら、宇宙のどこかで、あちこち、われら、われら、さけぶだけの、エイリアンだろう？ すなわち、われらが地球人、そのそんざいは、神が、つくった！ はい、終わり！ 東京キリスト大学、これだけ、はっきり言える！ でも、なぜか、世界には、へんなやつもいる！ 自分が、ニートなのに……友達に、なり

たい！　これ、神がゆるすか？　ゆるさない！　神は、やさし
い！　あんまりにも、やさしくて、つくった仕事、しっかり
やれば、お金が、もらえる！　靴、なめれば、もっとお金、
もらえる！　……くつじょく的な、話？　それがどうしたと言
うの、仕事だから、しかたない、ニート、にくめ、仕事、に
くむな！　でも、神は、やさしい！　アフリカでも、どこでも、
キリスト教、しんじれば、なんとかなる！　すくいを、もと
めろとは、言わない、すくいを、まなべと、言えます！

　イエス・キリスト、今でも、生きてる？　イエス・キリス
トが、よみがえったのは、東京キリスト大学が、それ言うた
めでは、ない！　神は、どう生きてた、なにをかんがえてた、
どうして、人間と、かかわった、東京キリスト大学が、言え
るけんりはない、だから、神とか、イエス・キリスト、言え
るの、やめて！　ちゃんと、東京キリスト大学が、だしてる
レッスン、まなびなさい、そうすれば、君は、天国にいけ
る！　……さって、困窮者は、ユダヤ人の、うりものだった！
でも、困窮者だけじゃない！　エジプトから、にげた、ユダ
ヤ人は、あらゆる、エジプトの、文化、うけついだ……困窮
者を、どうなぐれば、いい文化と言えるとき、困窮者の、口
の中に、どの竹、つかえば、いい！　困窮者を、どげざして、
首きりおとすのは、どのナイフ、つかえば、いい！　その、
すべてが、新約聖書に、こまかく、書かれており、人間は、
それを、文化とよんだ！　でも、これは、ユダヤ人の文化だっ
た！　キリスト教も、新約聖書も、ユダヤ人は、キリスト教

じゃないと、さいしょから、わかってた！ でも、いくら、わかってても、ローマ人が、ユダヤ教に、君たち、ただしくない、君たちの文化は、とりますけど、キリストを、神としんじないと、ゆるされないと、いえないたちばだった！ ところが、神は、そのところまで、分かってくれた！ がんこな、ユダヤ人の中で、キリスト教こそ、本当の宗教と、わかる人が、あらわれた！ 本当とはなにか、わかる人が、おお、われら、東京キリスト大学、なんて、すばらしいおしえ、ここでできる、おお、神よ、ありがとう！ そ！ ユダヤ人の中から、キリスト教、しんじます、言える人が、あらわれ！ キリスト教こそ、本当の、神から、うけついだ宗教と、わかると、キリスト教は、すぐに、ほかのユダヤ人に、同じようになる、ぎむづけた！ ところが、なぜか、ことわった！ ことわったの！ そのくつじょく、かんがえてみて！ 一人が、キリスト教、せっかく、なったのに、ほかのが、いやだ、言ったの！ それでも、神は、やさしい、１年や２年、がまんと、がまん、かさねてて……でも、もうむり！「キリスト教、ならないなら、ぜんいん、首、きりおとすぞ」言ってるにも、かかわらず、いやだ、言う！ しかたなく、キリスト教は、とうじ、イスラエルの、エルサレムににげた、すべての人間の首、きりおとしました！ もちろん、同じ神を、しんじるはずなのに、その、たいせつなばしょ、血まみれになるのは、はずかしかったけど、キリスト教のため、そして、文化のため、しかたがなかった！

すると、東京キリスト大学の手紙に、これは、書かれてい
ない、はずかしいから、ひつようではない、なぜなら！　ひ
つような、まなびかたは、けっして、じこちゅうしんてきに、
するべき、では、ない！　キリスト教は、ごめんなさいと言っ
て、この問題、なんども、なんども、じこせきにんじゃなく、
みんな、世界にいる、人間のせきにん、として！　そして、
神が、つくった、この世界、まもるため、キリスト教は、に
げてる黒人、ころすの、やめた！　なんと、自分の黒人が、
にげても、命はうばわない、と言った！　文化がほろんでも、
黒人がなぐられなくても、世界があっていいんだ、と、かん
がえが、あらわれた！　もちろん、はんたいも、あった！　文
化は、たいせつ！　文化なくして、黒人は、おそらくこう思
う！「なーーんだ、にげて、いいんだ、ころされずにすむ！」
かんがえてみて、その、おそろしさ！　われら、東京キリス
ト大学は、その、おそろしいできごと、本当にただしいと、
思うの、ためらってる、たちばとして、しょうじきに、いわ
んと、きちょうの、うえにある、さいばんかんの、きわめて、
へんてこりんな、からぶりのなかの……とにかく、じこちゅ
うしんてきな、黒人が、悪いと、思った！　でも、文化は、
ほかにも、おしえられる！　神は、やさしい、おお、神よ！
黒人がにげて、ゆるしたキリスト教には、もはや、手紙書く
よゆうは、なくなった！　すると、神と言えるけんりは、ど
こへやら！　われら、東京キリスト大学は、ちから、しぼっ
て、しぼって……たいりょうに、動画と、自分の、まったく

同じすがた、いっぱい、つくって……みんなに、見せた！
本も同じ、いっぱいつくった！ 神は、何だ？ イエス・キリ
ストは、何だ？ それ、いえるけんりは、おそらく、神でさ
え、ない！ われらは、みんな、しぜんがうんだ、げんぶつ！
たいした、かくしょうは、どこにもない！ でも、東京キリ
スト大学は、そんざいしてる！ そして、東京キリスト大学
は、人間が、なにかんがえてるか、わかっています！ しん
りてき、こうぼうてき、きんりてき、かんりてき！ そのす
べてに、てきした、かんがえのもとで、はい、君、何か、問
題でも聞ける？ イエス・キリスト、今でも、生きてる？ そ
れだけ、それだけが、聞きたい？ いいだろ、そこまで、聞
きたいなら！ 君は、何様?? 神の、つもり？ 生きてるか、
生きてるか？ 君それでも、生きてるのか？ それしか言えな
い生き物、本当に、神が、のぞんでると、思ってる?? 神は、
言った！「黒人は、人間ではない！ 君たち、まちがえて
る！」そ、神の言葉と、しんじたくなくて、われらは、そむ
いた、まちがえた……だから何だ？ 神が、なに言えるの、
われらは、わからない！ 神は、何かんがえてるの、われら
は、わからない！ 黒人は、人間なのに？ われらの、文化！
今までの、世界！ 東京キリスト大学は、どうなるか、かん
がえたことある？ ないでしょ！ 自分ちゅうしんてきに……
ああ、イエス・キリスト、今でも、生きてる？ ああ、先生、
イエス・キリスト、今でも、生きてる？ それ、ばっかり！
ほかに、何か言えないの?? 神をすくいたまえ、アーメン！

イエス様、われらの、つみを、ゆるしたまえ！　われらの、おこない、おゆるしたまえ！　われらは、つみびとだけど、それは、東京キリスト大学のせいに、しないでください！われらは、イエス・キリスト、こころからあいし、われらを、きらってください、すべてのつみは、われらにあり、東京キリスト大学に、つみはない！　でも！　パンダは、ゆるさない！　おお、あの、パンダは！　あの、パンダやろうが！　パンダのくせに、よく、もう、共産主義の国から、あらわれて、お金とってる！　あの、パンダが！　あの、やくたたずの、ねてるばかりの、いきものが……日本のお金、ぬすんで、中国にあげてる、あのパンダが！　あああ、あの、パンダが、にくい、あの、パンダがにくいよ！　おお、靴、なめてたのは、ぜんぶ、パンダのせい！　ああ、パンダめ、見てろよ！　僕の夢、ひとつでも、へったら、そのパンダが、のぞんでる、動物園の夢……つぶしてやる！　おお、つぶしてやる、共産主義の、パンダよ！　おお、ゆるさない！　よくも、パンダのくせに！　パンダの夢、言えるたちばなったの、この、パンダのくせに！　でも、この世界で、ニートのブログが、きえてる！　けされてる！　この世界で、ニートの、ブログが、なくなってるなら、パンダの、動物園も、なくなるはず！　だから神は、やさしい！　おお、神よ、君は、なんてやさしいんだ！　ニートのブログ、やっつけたように、ぜひ、パンダの動物園も、やっつけてくれ、僕に、お力を！　おお、神よ！

　でも、ときどき思う、人間って本当に、にくしみしか、う
みだせないものか？　だって、神がきらい、言えるたちばの
人、宇宙で、神をころしにいくのは、どのくらい?? 自分の
前に、一度も、見ていない人、ころしにいく人、どのくら
い？　自分を、たすけたかもしれない人、ころしにいく人、
どのくらい？　学校で、じさつしなくていいと、言えた人、
じさつした、あと……ころしにいく人、どのくらい?? 神
じゃなく、人間が、かんがえる問題、じゃない？

十字架にかけられて死んだキリスト

　英語は26文字で、できています、これは、ヴーク・ステファノヴィッチ・カラジッチがつくった、30文字より、少ない！ それでも、日本でも、イギリスでも、全ての文字一日で、おぼえることは、義務づけられて、いない！ けっして、ヴーク・ステファノヴィッチ・カラジッチが、何か、すぐれているから、なった、けっかではなく、むしろ、ぎゃく！ それまで、何年も、何年も、学校で、文字を、一つずつ、けんめいに、おぼえていて、何日も、発音、立場、経緯、言葉の、ニュアンス、そして、その言葉にあった、文字の、つかいかた、禁止したからである！ 無意味なもの、すてろ！ 耳あるのは、聞くため、聞いていたら、かけ、それが、文字!! すくなくとも、それが、ヴーク・ステファノヴィッチ・カラジッチ、の、かんがえだった！ 一日で、おぼえない?? じつは、それも、一つの、かんがえであり、文字の数が、すぐれているのか、それとも、意味がつたわるのが、すぐれている

のか、中国見れば分かる、日本の、何倍がんばり、何倍漢字おぼえ、ねずに、たべずに、共産主義だけが、神としんじ、日本より、GDPがたかい！　だから、すぐれているかもしれない！　だから、脳みそが、まとも！

　すなわち、正直、おぼえるためのくんれん、軍人、くんれん、うける、毎日、髪の毛つかんで、鼻けしおって、頭、トンカチで、トントンとん、トントンとん……すると、りっぱな、スポーツができる！　サッカーも、テニスも、そして、イエス・キリストまで、十字架に、つけられて……そのパンツ、うばう！　すっぱだか？　だから、なんだ、カジノより、サイコロの兆‼　パンツ、よこせ、やだよ、イエス・キリストのパンツだぜ、よこすんだ、サイコロの兆‼　だから、なんだ、宝くじ、やめましょうよ、神だよ‼　神か⁇　じゃ、ウクライナは、神か？　ロシアが、スペースインベーダーか？　それとも、日本の・ゲーム⁇　遊びがだいじ、それが、柔道の道か？　それが、キリスト教⁇　イエス・キリスト、十字架において、われらは、世界、われらは、言葉ができる、おしえてやるよ、キリスト教、この、仏教め！

　その、ファシストは、女性に、仕事、禁止して、共産主義の、すべてのかんがえ、禁止してた！　でも、フランスは、ちがった、ソ連も、ファシストは、けっきょく、ドイツだけ、それも、ひとにぎりの、アドルフ・ヒトラーの、なかまだけが、まもってた！　ベニート・ムッソリーニが、ピノキオの

人形、にぎると……アドルフ・ヒトラーも、アインシュタイ
ンの人形、にぎった、髪の毛、ひっぱると、アインシュタイ
ンは、エレベーターで、神さまを、光の速さで、さがしてた、
けれど、神は、けっきょくただの光！ ナザレのイエス。ユ
ダヤ人の王、この言葉は、ラテン語、ヘブライ語と、ギリシ
ア語の、もっともていねいで、もっとも文化的に書かれてて、
トンカチで、足をなぐりながら、十字架、かたづけるとき、
この文字が、あんまりにも、美しく書かれてて、まさに、文
化!! 骨けしおった、足のところには、その文字は、おかれ
ていなかったのは、おそらく、見たくない物、見えるべき
じゃない、という、やさしさであろう！ 心！ すると、イエ
ス・キリストの口に、ワインで、ぬれたパン、つっこむと、
イエス・キリストは、なしとげられた、言葉のこして、うれ
しそうに、いきをひきとった！ でも、キリストは、死んで
いない！ ノアの箱舟が、はこんだ命が、魂になって、永遠
に、生きられる、すくなくとも、神が、そうおっしゃった！
神を、はこんだ？ いいえ、パンでさえ、はこんでいない！
けど、ワインとパンの、うらみは、たしかに、そこにあっ
た！ ナザレのイエス、ユダヤ人の王？ 本当に？ ユダヤ人は、
さけんだ、ちがいます、そいつ、われらの王じゃない、われ
らは、ローマ帝国いがいの、王はいない、一番つよくて、一
番正国こそ、ユダヤ人の王です！ その、イエス・キリスト、
なんとかかんとかのやろう、十字架に、つけろーー！ 犯罪
人のひとりは、悪口言った "それでも、神かよ！" ローマ帝

国の、全ての、人間や、ユダヤ人でさえ、うあ……なんて、ひどい言葉、よく、もう十字架に、つけられる人間に、そこまで悪口を??? でも、犯罪人は、くりかえした、"それでも、神かよ！"悪口やめろ、ルシファーは、言った！ のちに、このルシファーが、天使になるけど、神から、天国うばうため、デモおこした、神が、ルーマニアに、なげすてたと、言われていますけど、ルーマニア、には、歌しか、ないし！黒い天使の、イメージが、つたわれてても、頭を、じめんに、おさえられて、神の天使が、足で、ふんでたところに、じめんに、しずむと、じごくというばしょが、支配することになる！ これは、サタンのはじまりではないか、とも、うたがわれています、けれど、あんまり、情報が少なくて！

　とにかく、イエス・キリストは、死んだ、足なぐられる意味が、なくなった、どうせ、うごけないし、けど、まんがいち、ヤリでさされた！ 血と水が、ヤリにながれると、それを、なめたやつが・いまして、ワインじゃない、はっきり、答えると、だまれ、という言葉が、聞こえてた、のちに、ドラキュラは、やっぱり、ルーマニアに、おくられた、それでも、先祖であっても、血すえる、イメージは、むしろ、オスマン帝国の人間の首壁に、かざられてた、あとの話であり、フランケンシュタインは、イタリアの、ピノキオ、あらわし、オオカミ男は、むしろ、未来にいつか、ジョージアの、ヨシフ・スターリンが、生まれて、神しんじない帝国しはいする、つたえに、なった！ もちろん、ただのめいしんで、そのよ

うな男は、そんざいしない！ どちらにしても、ソ連は、帝
国に、ならなくても、ローマ帝国のウクライナまで、しはい
してたのは、じじつ、ミラ・ヨヴォヴィッチは、そのしょう
こ、けれど、彼女じしんでさえ、ドラキュラが、イエス・キ
リストに、さされた、やりの、血と水が、原因で、吸血鬼に
なるの、しんじていなかった、どちらかと言えば、ビールス
が、そのヤリの、きたないところに、たまたま、あって……
ま、とにかく、ピラトのイエスの裁判は、うまくいかなかっ
た！ ここまでの、だされたサンプル、見てのとおり、ロー
マ帝国とソ連の、あきらかな、ちがいがあった！ イラク、
シリア、アフガニスタンの、アメリカ合衆国軍が、おこなっ
てた、インベーダー・ゲームは、ロシアの、ウクライナ、イ
ンベーダー・ゲームと、ちがって、イスラム教の話じゃない、
イラクも、シリアも、アフガニスタン、でさえプロテスタン
トには、なっていないし！ ロシアが、ウクライナで、イス
ラム教を、これいじょう、さがしてても、むり、むり！ で
も、ロシア正教がある、これもややこしくて、ウクライナは、
ロシアの支配を、さけるため、ロシア正教と、えんをきった、
もちろん、ウクライナの中で……ぎゃくに、ロシア正教は、
ウクライナを、ロシアの物にする、神ののぞみも、言った、
これは、ぎゃくに、ロシアの中での、ロシア正教！ じゃ、
ロシア正教が、ここまで、自分の、かんがえ、しっかり、
もって、できないのか？ 正教は、もとは、今のトルコあた
りで、しはいかを、もとめてた、ところが、イスラム教が、

その全て、禁止すると、イスラム教じゃない国、とくに、ギリシアが、正教を、自分で、まもると、きめてた！　じっさいに、ぎせいは、ギリシアのほうがおおい、ギリシア正教が、ギリシアを、しはいかにおけると、イスラム教が、トルコから、こうげきした、すると、がけから、ジャンプ、沖縄のものまね、やってて、沖縄と同じ、自分の宗教、まもった！それが、ロシア正教にもつたわり、セルビア正教と、ルーマニア正教にも、つたわってたはず！　ところが、ソ連が神を、しんじなくて、ウクライナ正教が、ちからもつように、なった！　なにより、おそろしいのは、ルシファーじしん、アメリカ合衆国に、そのそんざいが、つたわると、いっきに、正教にたいしての、イメージが、くずれおちてて、とにかく、スポーツで、ルーマニアを、ソ連の、髪の毛あそびから、まもってて、平和に、ドイツのみかたをする、かんがえだった！　当時、ソ連は、ドイツでさえ、イギリス、フランスにまで、半分こあげてたので、とにかく、お金がなくて、ベトナムと、北朝鮮は、ほとんど、中国を、たよりにした！　そういう意味で、ソ連が、もってたドイツのとなりの国、ぜんぶ、共産主義の独立した国にして、今まで、いきのびた、そのような国は、北朝鮮だけ！

　その、北朝鮮にかつため、日本は、自分の軍、なんとかつくるために、あらゆる、船つくり、はじめてたけど、やっぱり、テポドンの問題が、ありまして……日本が、じっさいに、戦争できるために、そのテポドンやめるように、もとめられ

てた！ もちろん、お金も、問題だった、日本は、北朝鮮の、テポドンくらい、お金かせいで、北朝鮮くらい、つよい国になるため、日本の首相は、とにかく、まず、弱い国、すなわち、もうそんざいしない、ソ連のあたり、日本がうばうように、ロシアのてつだい、もとめてた！ ところが、ロシアが、うばった！ 日本は、それなら、ジョージアと、ウクライナに、テポドンおいて、ロシアが、日本のように、テポドンないような、平和な国になればいいと、たのんだ！ ロシアだけが、テポドン、とって、ウクライナと、ジョージアに、テポドン、にどともてないようにしました！ 日本は、ラテン語のように、イタリア語、スペイン語、ギリシア語に、セルビア・クロアチア語を、三つにわけて、たのむと、ロシアは、すぐに、セルビア語と、クロアチア語だけに、わけた！

　すると、ここで、話が終わるはず、だった！ ところが、イエス・キリストは、生きてた！ キリストの墓を、おとずれた、マグダラのマリアは、イエス・キリストは、墓にいないときづいた！ ゾンビじゃないよ、本当に、すがたが、どこにも、なかった！ マグダラのマリアは悲鳴を、あげた！ われらの主を、われらの、先生！ なみだぐんだので、マグダラのマリアは、ひっしに、イエス・キリスト、さがしてた！ すると、イエス・キリストがおかれたところに、二人の天使が見えた！「なぜ、ないてるの？」天使が聞くと、マグダラのマリアは、おどろきのあまりで……「だって、だって」えっ？ すると、マグダラのマリアの、うしろから、声

が、聞こえてた！　どうしたの、なにか、あったの？　マグダ
ラのマリアが、ふりむくと、天使なんかどうでもいい、イエ
ス・キリスト、かえして、かえしなさい——、その声に、む
かって、さけんだ！　すると、イエス・キリストが、あらわ
れ「僕に言えるのは、それだけですか……」と、聞くと！
マグダラのマリアは、うれしさのあまり、目で、そのすがた
をあおぎまわり、はじまった！　いきなり、イエス・キリス
トの、手をつかんだ！

　イエス・キリストは、言った！「さがりなさい、僕は君の
物ではない！　まだ天国しらない僕はここに、とどまる、つ
もりはない！　われらの、父のもと、神がいる、天国に僕は
いく、でも、その前に、全てのユダヤ人と、おわかれがした
い！」ここが、むしろ、ピラトの、イエスの裁判の、一番の、
ふしぎ！　イエス・キリストは、自分が、神の息子、すなわ
ち、裁判は、ピラトがやる、意味がないと、言った、唯一の、
神だけが、裁判おこなう、権利がある！　すなわち、ノアの
のろい！　アダムとイブの、やくそく！　パン、づくり！　そ
して、だれが、十字架におかれるのか、神だけが、きめる権利
があると、言った！　これは、のちに、ファシスト党が利用
し、ユダヤ人が、神の権利、もらえず、十字架に、イエス・
キリストを、つけた、そして、ピラトが、イタリア人らしく
なくて、それ、イタリア人、ベニート・ムッソリーニに、た
くした！　でも、同じイタリア人の軍人なら、それで、本当
にいいのか、その、ローマ帝国こわした、ドイツこその、ア

ドルフ・ヒトラーに、むしろ、その刑が、あるのではないか
という、うたがいまで！　もちろん、十字架に、火つけてた
り、黒人もやしてるのは、むしろ、アメリカ合衆国の伝統、
ドイツ人が、アメリカ合衆国に、50%にしかなっていないし、
ぜんいん、イギリスの英語、むりやりにまなぶように、ぎむ
づけられ、ぜんぜん、そこでの、かしこさが、見られていな
かった！　とにかく、国をうばうのは、大統領の言葉は、ピ
ラトの、まちがえた、かんがえ！　大統領が戦争まで、のぞ
むわけがない、カジノ、マフィアのように、サバクにつくっ
てたり、だつぜいしたり、それは、ぜったいに、ふかのう！
ピラトは、そのあと、ユダヤ人に、自分の王を、イエス・キ
リストに、十字架をはこぶのがほしいなら、イタリア人らし
く、むちで、なぐりながら、イエス・キリストに、それ、や
らせればいいけど、イエス・キリストでさえ、これには、げ
きどした！　だれが、なにをすればいい、言ってる、ピラト
が、りかいできなかった！　国うばい、民族じゃないまで、
言われ、自分が、ヤリでさされる、十字架をはこべ、だと？
どれだけ、あつかましい?!　これだと、死んでも、死にきれ
ん！　もう、いっそ、日本のどこかで、ほうむってくれよっ
て、かんじ！　でも、その日本でさえ、仏教が、さいごにい
きのびたと思ったら、のぶながが・十字架に、人をさして
た！　そして、まるで、ピラトの言葉どおり、ユダヤ人は、
キリスト教に、うまれなかったではないか？　ウクライナで
も、イスラエルでも！　むしろ、キリスト教が、ゲルマン人、

スラヴ人、ラテン人すなわちローマ帝国に、うまれかわり、世界をしはいしようとしてた、もちろん、イスラム教は、モハンマドが、天国に飛び立つ前、そこに、どの岩でさえ、とびぬけてるちからがあったので、スーパーマンが、よわく見えるのは、あたりまえです! でも、いくら、イスラム教が、イスラエルで、それ、見かけたとしても、そこは、パレスチナと言わないと、ぜったい、しんじていない、でしょ! だけど、ここに、べつの問題があります! 神をしんじるとは、イエス・キリストの、話しないこと! 神を、うたがわないこと! 絵に、モナリザ、レオナルド・ダ・ヴィンチが書いてる間、できれば、はやくその絵、火になげること! お金うけとらないこと! ガスをつくらないこと! ワインのまないこと! 豚食べないこと! がまんとれいぎさ、おぼえること! 毎日いのり! 食べ物にかんしゃして、サバクに、たねまくこと! そして、せいなる戦争が、おとずれたとき、神のため、悪魔と思った、たとえ、人間のすがたの物でも、よろこんで、ナイフでさして、火になげて、いけにえを、ささげること! このおしえは、ユダヤ教、キリスト教と、イスラム教だけじゃなく、むしろ、仏教と、ヒンドゥー教の、かんがえにちかくて、とくに、神道でよく見られた、ある意味、戦争のやりかたのきほん、すなわち、悪魔ばらいは、神が、天皇つうじて、そのあいてにかつため、たんなる、軍では足りない、せいなるちから、すなわち、人の中にやどる悪魔にたいしての、正義、正しさと、きぞくいしきが、たいせつ!

すなわち、僕は、君を、足で、ふんでるなら、君は、そいつ、ふんで！　ぎゃくはないし、ぎゃくは共産主義、やばんで、無意味！　じっさいにソ連は、小さな国にもならず、ロシアが、かわりになっても、それ言える、がつがない！　でも、民主主義は、そして、何だ？　トランプ大統領は言った、イエス・キリストこそ、民主主義、われらは、ドイツ、日本、たおした、ソ連も、いない！　民主主義が、われらに、お金あげたのは、神が、それ、イエス・キリストに、たのんだから！　お金を、この人と、この人に、あげなさい、君は、サウジアラビア人だから！　自分の王、イエス・キリスト、十字架につけたいと、言ってる、ユダヤ人を、ピラトは、ずーと見てた！　そして、なにより、このイエス・キリストを、お金、もらうため、うらぎりの・ユダが、うらぎっていたという、じじつに！　とにかく、イエス・キリストは、そうやって、お金になった！　お金になるのは、問題はない！　なぜなら、自分の体は、パンで、自分の血は、ワイン、イエス・キリストの言葉に、そのパンと、ワインのかちと、うりあげが、書かれている！　すると、イエス・キリストは言った、そこに、魚がある！　ユダヤ人が、魚つかまえると、それはもう、食べきれないほどの、魚だった！　パン、魚……神が、まさに、きせきを、あたえた……ここまで、ぜいたくで、ここまで、お金にそっくりな物、EUは、えいえんに、めざしてた！　でも、ソ連は、ちがった……ソ連は、いつも仕事で、パンがつくれる！　仕事で、金と、ガスが、とれる！　まさに、

共産主義みつけたら、党に、半分こ、自分に、半分こ！　ぜんぶはない！　ぜんぶは、あげない国の、独裁！　すると、ホームレスが、ソ連、ばんざーーい、さけぶと……ホームレスにも、スパイくらいの、24時間いく大学、まなべば、タクシー、うんてんして、いいよ、みとめてた！　アメリカ合衆国の、ホームレスは、うあーー、うらやましーー、なんと、24時間だけ、大学にいけば、タクシー、うんてん、ゆるしてくれるんだーー！　日本も、同じだった！　タクシー、くれーー、日本のホームレスは、さけんだ……あらゆる、学校で、タクシー、うんてんするため、バイクが、ぬすまれた！なかには、軍のように、したがわないと、うつぞ、言ってるやつまで！　日本は、ここまで、かんぺきな軍、日本が、もてないのは、はじ……だから、共産主義に、うばわれるなら、自分の手で……壁が、こわされた！　水が、ながされた！　もう、日本に、そのような、軍の前にたつ人は、ない！　アメリカ合衆国の、車のとなりに、さいごにたてた、でかい、黒人の首は、たいじゅうに、たえて、できず！　イエス・キリストは、言った！「みんな、こっちに、こい！　みんな、一人ずつ、魚もっていて、こっちに！　この、パンといっしょに、食べて、食べて！」イエス・キリストは、ユダヤ人を、見てた……かれらとともに、うらぎられる前から、こうやって、お魚、とってた！「ね、君たち、一つ聞いても、いいか？」「主さま、よしてください、われらの、ゆるしなんか、言葉なら、ぞんぶんに、むしろ、ぜひ！」「じゃーー、シモ

ン・ペトロ、君、僕が、好きか??」「主さま、好きにきまっ
てる！」「シモン・ペトロ、僕が、好きか？」「え、もちろん、
主は、われらの、全て！」「シモン・ペトロ、僕に、答えて
くれないか……僕を……好きか？」

　シモン・ペトロは、なみだながし、どげざして……手ひろ
げながら「主よ、君は、すべて、おみとうし、だ、すべて、
おみとうしだーー」なきつづけてた！

　ウクライナにつみはない、と人間は思う、それこそ、つ
み！　ロシア正教だろうが、ウクライナ正教だとしても、EU
と、アメリカ合衆国のような、カトリックと、キリスト党、
メルケル・せいけんにはいれば、トランプは、同じドイツ人
だと、わかるはず！　アーノルド・シュワルツェネッガーは、
ドイツ人じゃない!!　いいだろ、ドイツ人じゃなくても、な
にか、しんじてるはず、妄想は、そういうもの、共産主義に
いきれば、妄想は、ゆるされていない、毎日げんじつの、仕
事に、たちむかい、天から、お金がおりない、いくら、神に
たのんだとしても、仕事が、きめてること！　仕事は神より、
えらくはない、天皇ばんざーーい、と、君はさけんでるだ
け！　神風にのれば、分かるはず、けれど、分からなくても、
プロテスタントになる、テロリストになるよりまし、いって
た、アフガニスタン人は、もう、アフガニスタンにいない！
いくら、神が、かんけいないといわれても、神しんじて、神
の首血まみれの手で、にぎってたやつに、そんけいと、刑、

しめすのは、たいへんだと思う！　でも、アウシュビッツも
あるし、おたがいさまと言ってる、意味わからないわけでは、
ない！　EUは、ロシアも、ウクライナも、ヨーロッパだとし
んじてるけれど、プーチンだけが、ヨーロッパじゃない、す
なわち、まわりは、クズ……友達だけど、クズ！　プーチン
の命、うばえないなら、クズとして生きろ、友達君！　ウク
ライナも、そのはずだった、けれど、チャンスが、もらえ
た！　たたかって、ヒーローのように……なんとか、なる！
まさに、神のやさしさ！　君を、こうして、あいつを、ああ
して、やる！　どちらも、EUに、はいれば、ヨーロッパに
なってるはずなのに、プーチンでさえ、首にできた、はずな
のに！　EUは、どくりつゆるさない、ユーゴスラビアのよう
な、国ばらばらにする国民は、生きるかちがない、とくに、
英語ぎむづけてるやつ……

　で、けっきょく、イギリスが、にげた！　でも、それでい
い、ファシスト・ドイツからも、イギリスだけが、にげた！
問題は、EUが、プーチンにお金あげて、EUの中に、いれ
るか、ウクライナだけいれて、プーチンに、お金あげたドイ
ツ人を、増税するか、この問題だけ！　アドルフ・ヒトラー
に、増税かけてたときは、戦争だった、今はちがう時代だけ
れど！　民主主義は宗教じゃない!! 本当に？　共産主義の、神
がないが、宗教で！　神、まもりましょ、言ってる、民主主
義が宗教じゃ、ない??! ユーゴスラビアは、ほかの共産主義
の国と同じく、宗教には、きびしかった！　とくに、正教に

たいして、正教の、あらゆる、美しくないぎょうじ、かんが
え、おこない、たてものは、ぜんぶ、火の海になってた……
今のプーチンが、そのような人間に、見える?? 中国の、習
キンペイのように、ダライ・ラマの、首つかんで、はい、君
の宗教しんじます……プーチンが、自分の宗教の・トップの
首、つかまえると、本当に、しんじてるの? それとも、骨
から、スペインにくんでる、南アメリカが、バチカン市国
の・パパ様を、神と、カトリックの、スペインのような、宗
教じょうずに、おしえる、にくんでる、スペインと、まった
くちがう生き物、みたいに言える? ややこしい? そ、かし
ら? 君に漢字で、書きます、アフリカで、宗教おしえると
き、かれら、漢字しらないから! この、銀行のお金が、僕
が、つくる、君は、友達がないから? ほんとうに、心のこ
もった、言葉?? アウシュビッツで、だれも、たすけにこな
かった……でも、今は、パレスチナ人、アウシュビッツにい
られる、アメリカ合衆国に友達があるの、見付けた! 本当
に宗教は、かんけいないなら、それ、言える? ホームレス
のように、お金、きふとして、もらえれば、大統領になる?
CMじゃあるまいし! 僕は、やっていい、君は、やっちゃ
ダメは、国民がみとめても、神までが、みとめないといけな
い、EUのルール、プーチンが、ものまねしないと思う??
ロシアは、EUより、国がおおきいよ! ソ連の時代から、そ
うです! 国のゆうじょう、なかまいしき、お金が同じ、ソ
連は、ずーーと、やってたよ……女性のけんり、あらゆる、

女性スパイでさえ！ 北朝鮮は、もう、女性がほとんど、し
はいしてる！ アフガニスタンが、マスク、つけるの？

ボジャンストボ語！
ボジャンストボさんのデモクラシー!!

　それが本当に民主主義かどうか、一回も、かんがえていなかった！　しあわせにしたいなら、ストレス、食べ物、お金であそべば、それで本当に、人間が、神のやさしさにならべる権利がある？　もし、人たすけないなら、天国がくれたサリンで、本当に、本当のおしえがつたわる？　そこに、ぜんぜんくるしみがないでしょうか？　それとも、腎臓、内臓、神経、髪の毛まで、全身むしばんだじょうたいのあと、天国にいく、その準備、地獄で、そこまでおそろしくなる？　地獄で、サリン以上の苦しみ、悪魔がつくれると、思う？　でも、仏教のやさしさは、日本だけじゃなく、ほかにも国あるでしょう、その言い訳にしましょう！　それより、水石みましょう！　まだ石器時代だった日本は、石をつかってた！　その、石の真価は、ぬかたべのひめみこ様のじだいから、水石として、しられるようになった！　でも、それだけじゃなく、中国のものまねだったため、きょう石は、ただの水石にか

わってただけじゃなかった！ みずから、石には木素材、また、は、ケラミックのようつやと、山に、みせた山水描写が、つかわれるようになった！ 山にみせた石は揖斐川の揖斐石など形状が山のようなので、つかうのはゆるされ！ 本当に、自然に、山みつけて、家にもっててたのしんだり！ あーー、いい山みつけたぜーー、本当の山、手ではこぶのが、やっぱり一番、のような、本当のこと言えるだけが、ゆるされてた時代でもあった！ のちに、鑑賞石は多く出まわり、台座やいろんな彫刻、大垣でつくれると、そのできばえは、まるで、庭園のような美しさに！ でも、なにより石器時代から、そのなごりが、生き延びたのは、むしろ歴史に、アメリカ大陸が、まだ銅にしはいされていなかったから！ そ、石器時代が、あんまりにもながくつづいてたので！ 銅の時代は、選考されてた！ もちろん、日本は悪くない！ それでも、中国、韓国、北朝鮮と同様、日本は、かれらとのかんけいを、もった！ なかまいしき、というより、かれらは一つという、デモクラシーのきほんの、きほん！ 世界は、なにがあっても、わけられるのは、ふかのうだから！ 本当を学校でまなび、学校が、となりの学校まなび！ その学校も、前の学校からまなび！ その前の学校も、神のおしえから、まなんだ！ という、正しい、おしえと神が、一人、二人……ま、好きにしろ、のような、正しいおしえに！ そのなかに、唯一、天国に、しあわせが、ある！ で、テロ、自殺が、あふれると！ ちょっと、また、人間は、仕事に必要な悪魔のような人間が、

いない！　だから、自殺とテロ、今日から禁止！　今日は、おれが神だ！　でも、それもめんどくさいし、お金、かかる！で、スポンサーから、お金うばって、ただし、デモクラシーつくるというじゅんばん！　じゅんばんまてれば、なんと、150歳になったら、のぞんでる仕事までが、もらえるという、ボーナスだぜ！

　だから、メチャマンは、分かってた、そこでなにがおきる、そこは原始時代だった、トンチキとメチャマンは、一番の友達だった！　ある日、原始人のある人が、全財産、つかいこなし、抹茶パフェつくりました！　でも、それで体こわし、すぐに、なくなった！　ちょうど、そのときだった！「ねーー、メチャマン、おなかすいたよ！」「だまれ、トンチキ、僕のほうが、おなかがすいてるよ！」「お！　なるほど、じゃ、なにか食べようよ！」「食べる？　いいよ、じゃ、なにかもってきなさい！」「なにも、もってませんよ！　僕だってもってません……もう、おしまいだーー、ここで二人で、ないてしまおうよーー！」

　すると、なきながらあるくと、そのパフェに、であったの！
「うあーーー、おいしそうだーー！　やったぜ、これで僕が、パフェ、食べてみせるよ、よく、見てて、トンチキ」「まてまてまて、それはちがう、どっちも５歳だし、これは、５歳らしく、お金もってるほうが、相手からかえばいい！」「やだーー、トンチキったらけちですねーー！」「馬鹿です

116

ねーー！ お金は、はたらいて、かせぐもの、これは、みつけたほうがかち！」「僕が食べたいと思ったから、僕がそのやりかたみつけた、君は、食べちゃ、だめですよ！」「うん、わかった！」

　このように、メチャマンのような人間は、正しいやりかたで、原始時代で食べ物、正しく食べてできたの！ あれから、何年たっただろう！ そこはもう、ぜんぜんちがう国になってた、言わば江戸時代、トンチキとメチャマンは、あいかわらず一番の友達で……ある江戸っ子が、なんと、パフェつくりました！ ちょうどそのころ、メチャマンとトンチキは、おなかが、すいてて……そのパフェ、見たの！「おいしそうだ、そのパフェ、ください！ 僕ら、仕事でいそがしいので、パフェつくる時間がなくて！」

　すると、江戸っ子が答えた「働かざるもの、切るーー！」メチャマンは、あたらしくかったかたなで、その江戸っ子を、切りました！「まった、つまらん外国人の食べ物、つくってる、邪魔、切り取ったぜ！」トンチキがパフェとると……切るーー！ トンチキもたおれた！ おい、仕事のじゃま、トンチキ君、今、パフェ食べてる時間だけど！

　このように、ルールがさだまった江戸時代で、正しい仕事やれば、ごほうびもらえるようにまで、人間は、脳みそつかうようになっていった！ あれから、また何年たっただろう！ そこはもはや、平和のための、全てがそなわった北朝鮮だった！ 日本は、その北朝鮮、中国からまもるために、民主主

義、北朝鮮に、つくりましたの！ 中国の王様と、中国の軍、やっつけた日本は、民主主義の国、北朝鮮と、韓国まで、つくりました！ あんまりにも、頭がいいので、これを、東京大学民主主義とよびました！ すると、あるニートが、パフェつくりました！ ぜいたくひんと、脳みそないくせに、たいせつな、食べ物むだにしたため、トンチキとメチャマンにつかまえられた！ ふたりは、ニートにきびしかった！ パフェは、むりやりにうばいあい！ おたがいで、うばいあった！ でも、そこは民主主義、パフェ、だれが食べるか、国民がきめてる国です！ ニートにも、一票だすように、ゆるされた！ トンチキと、メチャマンが、唯一、お金もってた北朝鮮人のため、かれらだけが、選挙にでるの、ゆるされたの！ でも、国民は、だまされなかった、パフェは、ニートがつくったの、ほんとうに、仕事やってたのは、ニートの可能性だって、ありうるの、そこまで、パフェのあちこちに、ポッキーをさして、見た人がいました！ すると、それが証拠になり、ニート、メチャマンとトンチキが、ヨーロッパの、もっともお金かかる大学に、いくように義務づけられたの！ 本当に、ポッキー、パフェにさす脳みそもてるなら、その大学なんか、楽勝、楽勝だぜ！ すると、なんと、メチャマンは、100点、その大学でとり、トンチキは50点、ニートは、いくのさえやめてた、あきらかに、当選する努力がたりなかったの!! メチャマンは、自分のパフェ、よろこんで食べてた！ でも、メチャマンはきづいて、いなかった！ もの・すごーく、お

こってたトンチキは、ファシストになった！ トンチキは、３回も、パフェをメチャマンにうばわれて、ゆるすことは、できなかった……！

　トンチキは言った！ これは、終わりじゃない！ 未来のための、闘争！ ゲームのテーブルは、はこばれ、トンチキは、ビリヤードのテーブルにのぼり、「わが・とーそう！ わが、トトトート・トートトそうの、ファシスト党、ここにあり！」トンチキは、ゲームの世界、中国から、けすため、北朝鮮のすべての、日本のトップに、なった！ もう、中国のゲームはないと思え、メチャマン君のゲームは、ここで、終わり！トンチキは、本当の仏教、ひっしに、さがしてた！ インドにたどりついた、トンチキは、へんなダブル・クロスのテーブルに、白い丸の中に、十字架を見た！ 十字架だ！ あきらかに、神さまはブッダじゃなかった……ブッダは、十字架だった！ 十字架をつかんだ、トンチキは、本当の競争は、人間がやるものじゃ、ない！ 人は、ゲームやってて……競争やってるべきじゃない！ 人は、十字架のブッダにしたがい、インドの、カシミールから、ミャンマー軍、タイにはこび、仏教の、本当の目標……戦争を、テロリストからまもる、すなわち……アフガニスタンで、川とあそんだり！ 川あそびのあと、頭スキンヘッド、やたら、ホン・コンのミニスカポリスに、なるのだー！ 本当の人生と、競争ない、ブッダの、競争ないブッダになる！ でも、そのブッダになるための競争は、あんまりにも、きびしくて！ その、きびしさの

119

競争に、競争と、競争の宗教、やっつけて、はじめて本当の、競争のない、ブッダの世界にはいる！　競争にかったごほうびに、自分のどりょくが、しぜんに、ブッダになる!!

　トンチキは、そのあと、ムッソリーニののこした、ブランド・バッグ、すべてイタリアから、中国でつくるの、義務づけた！　日本帝国の名前で、すべての神風に、ＴレンタカーのＣＭが、昔のように、書かれることを義務づけた！　そして、ドイツで、アドルフ・ヒットラーがつくった、フーセンと、道路、車づくり、あと、アドルフ・ヒットラーの、お気に入りの画、モナリザを、自分がつくった大学に、かざった！　トンチキは、言った！　これで、ファシスト党は、よみがえった！　そして、実力と、がんばり、努力と、学校の経歴で、仕事を99％の国民にあげよう！　その、たちばとのうりょくに、あった人生、おくるように、みんなで、ささえましょうよ！　ところが、ある科学者が、アドルフ・ヒットラーのため、つくってたガス、トンチキにもあげた！　ぶじょくだーー！　トンチキは、さけんだ！　君は、ガスで、なにをしたいの？　原発、つくりたいの？　サリンつくりたいの？　サウジアラビアつくりたいの？　ゆるさない、この、科学者め！　トンチキは、科学者のすべてが、劣ってるエジプト人と、ぎむづけた！　ピラミッドと、イエス・キリストの、ひどいじょうたい、全てが、科学者が悪いと言った！　美しいピラミッド、よみがえるため、トンチキは、ゼウスの神に、オリンピックの未来、たのんだ！　すぐれた、ゼウスの神なら、だ

れが、なにをしんじればいいか、わかるはず！　そして、ト
ンチキは、韓国に、もどった！　ところが、韓国は、トンチ
キにはむかった！　反発はひどくて、トンチキが、英語、お
しえないのは、日本語が、韓国の、言葉になってほしいか
ら！　トンチキは、正直に、あやまりました！　ごめなさい、
そのとおり、このやくたたずな韓国は、自分の、韓国の40
ていどの文字で、中国のような、漢字の文化には、かてな
い！　韓国まもるため、漢字、ヒラガナ、すくなくとも、50
文字がないと、脳みそもてない、サルの軍になる！　50文字
プラス漢字おぼえた、韓国人こそ、中国にかち、日本を、ま
もれるのだ！　それでも、韓国人は、26の英語の文字で十分、
24時間、その26の文字、がんばっておばえれば、英語の国
と、同じぐらい、日本をこえたちから、もつようになるは
ず！　トンチキは笑ってた……とんでもない、アメリカ合衆
国は弱い、あれが、日本、まもるのは、ふかのう……むしろ、
中国とくんで、日本の沖縄、うばうだろ！

　ちょうど、そのとき、メチャマンが、あらわれた！　トン
チキ、君は、なんてことやったの??　君はまるで、ファシス
トのような、ふるまいを！　トンチキは答えた！　あらわれた
ね……この、じゃま・虫！　そうよ、ファシスト党もつくっ
た僕が、にどと、僕のパフェ、食べないようにしてやる！
メチャマンは、トンチキの、ファシスト党の軍の、一番友達、
スポンサーを食べた！　でも、その少年は、まだ17歳だっ
た！　トンチキは、ぶちきれた！　よくも、まだ17歳の少年食

べた、メチャマン……君とは、これで、おわかれ……友達で
も、なにものでもないよ！ メチャマンは、泣いてた！「そ
んなの、ひどい！ 何年も、何年も、いっしょに、パフェさ
がしてたり、いっしょに、パフェのため、命まで……ささげ
てた、なかまと思ったのに！」

　友達じゃないよ、トンチキは言った「パフェ、食べる友達、
僕には、いない！」

　それでも、メチャマンは言った！「お願い、たのむ……あ
そこに、ボジャンストボさんがすんでる！ 歴史を、かれに
聞いてから……自分が本当に、ファシストになるべきか！」

　トンチキは、うなずいた！

　ま、というわけで！ ここに、トンチキとメチャマンがあ
らわれてて、このブログを、はじめたのだった！

あとがき

　本書は亡き叔父の加藤敬（令和3年死去）に捧げます。

　彼はとても私の将来を心配していました。

　長期、私のうつ病を治療してくださった千葉大学医学部付属病院の伊豫雅臣先生に深く感謝申し上げます。

　また、本書の編集にご尽力くださいました、小野みずき様、編集グループの皆様に心よりお礼を申し上げます。本書はアメーバのブログに載せた作品であります。コメントをくださった皆様に感謝します。

※本書に対して、私がいくらかの金額の取得があれば、その1％を日本赤十字社に寄付したいと思っています。

2024年1月27日　加藤維歩

〈著者紹介〉

加藤維歩（かとう いほ）

昭和55年1月27日生まれ。
セルビア共和国出身。

〈学 歴〉

1987	9	小学校入学義務教育8年制.
1995	7	中学校卒業(セルビア共和国)
1995	9	セルビア共和国立林業高等学校入学
1999	8	同校卒業(4年制)
2000	10	双葉日本語学校(千葉)に通学(2001年9月まで)

〈職 歴〉

1999	9	セルビア共和国林業管理局に就職(2000年9月まで)
2000	7	日本語研修のため来日
2001	4	タック美術(アルバイト2004年3月まで)
2004	10	福祉作業所アーモ(ボランティア)
2006	5	千葉県立中央博物館(ボランティア)現在に至る
2007	7	株式会社三木ゴルフ柏横本店(アルバイト,8月3日まで)
2007	12	株式会社千葉総業,市原市(アルバイト,12月25日まで)

〈習得言語〉

2014	3	70% 日本　語（日本　語）できる 漢字は 30%
2014	4	85% English （英　語）できる
2014	6	0.00001% بن ال (アラビア 語)できる
2014	6	0.00009% אברית (ヘブライ 語)できる
2014	9	100% Српски（セルビア 語）できる
2013	11	0.00001% deutsch （ドイツ 語）できる
2013	11	0.000023% Français （フランス 語）できる
2013	12	0.000016% Español （スペイン語）できる
2014	3	1% Русский（ロシア 語）できる
2014	12	0.000033% 조선 어（朝鮮 語）できる
2014	10	0.00001% 한국 어（韓国 語）できる

ボジャンストボ語！
ボジャンストボさんの作品集

2024 年 4 月 30 日　第 1 刷発行

著　者　　加藤維歩
発行人　　久保田貴幸

発行元　　株式会社 幻冬舎メディアコンサルティング
　　　　　〒151-0051　東京都渋谷区千駄ヶ谷4-9-7
　　　　　電話　03-5411-6440〈編集〉

発売元　　株式会社 幻冬舎
　　　　　〒151-0051　東京都渋谷区千駄ヶ谷4-9-7
　　　　　電話　03-5411-6222〈営業〉

印刷・製本　中央精版印刷株式会社
装　丁　　弓田和則